VIAGENS DE GULLIVER
Jonathan Swift

VIAGENS DE GULLIVER
Jonathan Swift

adaptação
Clarice Lispector

JOVENS LEITORES

Título original
GULLIVER'S TRAVELS

Copyright © 1973 *by* Clarice Lispector e
© 2006 *by* herdeiros de Clarice Lispector

Direitos para a língua portuguesa reservados
com exclusividade para o Brasil à
EDITORA ROCCO LTDA.
Av. Presidente Wilson, 231 – 8.º andar
20030-021 – Rio de Janeiro, RJ
Tel.: (21) 3525-2000 – Fax: (21) 3525-2001
rocco@rocco.com.br
www.rocco.com.br

Printed in Brazil/Impresso no Brasil

preparação de originais
Paula Guatimosim

CIP-Brasil. Catalogação na fonte.
Sindicato Nacional dos Editores de Livros, RJ.

L753v
Lispector, Clarice, 1920-1977
Viagens de Gulliver/Jonathan Swift; adaptação de
Clarice Lispector. – Primeira edição – Rio de Janeiro: Rocco, 2008
Adaptação de: Gulliver's travels/Jonathan Swift
ISBN 978-85-325-2015-9
1. Literatura infantojuvenil. I. Swift, Jonathan, 1667-1745. II. Título.
06-0040   CDD – 028.5   CDU – 087.5

O texto deste livro obedece às normas do
Acordo Ortográfico da Língua Portuguesa.

VIAGENS DE GULLIVER

VIAGENS
a diversos países remotos do mundo
em quatro partes

por

LEMUEL GULLIVER
a princípio cirurgião e mais tarde capitão
de vários navios

PRIMEIRA PARTE

Viagem a Lilipute

Capítulo 1

ALGUMAS NOTÍCIAS SOBRE O AUTOR E
SUAS PRIMEIRAS VIAGENS.
NAUFRAGA NUMA DELAS, MAS CONSEGUE
ALCANÇAR A NADO O PAÍS DE LILIPUTE,
SENDO APRISIONADO POR SEUS HABITANTES.

Meu pai possuía uma pequena propriedade em Nottinghamshire e cinco filhos. Eu era o terceiro. Aos catorze anos fui mandado para a Universidade de Cambridge, onde estudei. Todos sabem como são caras as universidades inglesas, principalmente quando só se recebe dos pais uma pequena mesada. Assim, além de estudar, fui obrigado a arranjar um emprego.

É duro fazer as duas coisas ao mesmo tempo, mas, quando se tem vontade, nada é impossível. Aqui estou eu, vivo e com saúde, para prová-lo.

Fui trabalhar então como aprendiz do Dr. James Bates, um famoso cirurgião de Londres. Meu pai enviava-me pequenas somas de dinheiro que empreguei no estudo da navegação e outras matemáticas, muito úteis a quem pretende viajar. E tal coisa, na verdade, sempre achei que seria o meu destino com tanta certeza como existem estrelas no céu.

Após quatro anos de trabalho com o Dr. Bates, voltei para casa, onde recebi de meus parentes quarenta libras* —, além da promessa de trinta libras por ano. Essas quantias serviram para

---

* Moeda de ouro inglesa. O mesmo que libra esterlina, atualmente, que equivale a vinte xelins. (N. do E.)

me manter em Leide, onde estudei medicina durante mais de dois anos. Sabia que esses estudos me seriam de grande proveito nas futuras viagens, e tinha toda a razão.

Regressando de Leide consegui obter o cargo de cirurgião do navio Swallow, comandado pelo Capitão Abraham Pannell. Neste barco fiz duas viagens ao Oriente e a outros lugares: vi coisas nessa época que me fizeram arregalar os olhos de espanto, e olhem que nem imaginava o que me iria acontecer mais tarde.

Ao voltar, aluguei uma casa em Londres e montei um consultório, sendo recomendado aos clientes pelo bom Dr. Bates. Resolvi também levar uma vida tranqüila no que toca ao coração e casei-me com Mary Burton, filha de um negociante de meias, tendo ela me trazido quatrocentas libras de dote.

Entretanto, com a morte do Dr. Bates e tendo eu poucos amigos, meus clientes começaram a rarear. Assim, depois de consultar minha esposa, resolvi voltar à antiga vida de marinheiro: fui cirurgião de dois navios um após o outro, e durante seis anos singrei os mares das Índias Ocidentais e Orientais, o que me proporcionou algumas economias.

Sempre amei a boa literatura. Por isso empregava meus momentos de lazer na leitura de autores antigos e modernos. Livros, felizmente, não me faltavam. Quando descia a terra, procurava aprender, através dos hábitos curiosos dos povos que visitava, sua linguagem. Consegui falar muitos idiomas graças à minha fantástica memória, da qual, aliás, ainda não posso me queixar.

Sendo a última viagem, contudo, muito cansativa, resolvi permanecer em terra durante algum tempo. Mudei de bairro tentando obter clientela entre os marinheiros, mas não tive êxito. Três anos depois aceitei finalmente uma ótima oferta do Capitão William Prichard e zarpei a bordo do *Antelope*, a 4 de maio de 1699, rumo aos mares do sul.

De início tudo correu bem. À medida, porém, que avançávamos em direção às Índias Orientais, a situação se foi complicando. Uma forte tempestade nos atirou a noroeste da Terra de

Van Diemen. Doze tripulantes morreram devido à má alimentação e excesso de trabalho, enquanto os outros foram reduzidos a uma fraqueza profunda. O ambiente era de depressão e temíamos a qualquer momento o pior, que de fato não demorou a vir ao nosso encontro.

No dia 3 de novembro navegávamos em meio a uma névoa espessa e de mau agouro. Impulsionado pelo vento, o navio jogava para todos os lados, sem que praticamente se pudesse enxergar coisa alguma do que ocorria à nossa frente. Súbito, os marinheiros avistaram por milagre um enorme rochedo a poucos metros do navio. A tripulação tentou desesperadamente desviar o grande casco de madeira, mas o destino havia determinado de forma diferente. Uma rajada mais violenta empurrou-nos diretamente contra o obstáculo, espatifando-se o navio com estrondo.

Eu e mais cinco tripulantes conseguimos lançar um bote ao mar e remamos com todas as forças para longe do barco. Exaustos depois de algum tempo, não tivemos remédio senão deixar a embarcação à deriva entre as altas ondas. Horrorizados olhávamos para o mar em fúria sem nada poder fazer, segurando-nos à madeira que dançava. Pouco depois uma vaga imensa virava o bote atirando-nos à água.

Não tornei a ver nenhum de meus companheiros. Penso que morreram todos no turbilhão que nos engoliu. Quanto a mim, reuni minhas pobres forças e procurei não submergir, deixando-me levar pela maré. Era a única chance que me restava. Depois de algum tempo, quando, esgotado, me sentia já próximo da morte, meu pé esbarrou na areia da praia. Estava salvo. Embora o céu continuasse numa grande escuridão, a tempestade havia passado.

Andei com dificuldade, pois me achava no último grau de exaustão. Nada enxergava em torno, nem casa, nem qualquer habitante. Saí da praia e consegui arrastar-me até um relvado macio e fresco, sobre o qual me atirei. O cansaço unido ao calor e a uns copos de aguardente que havia tomado me fizeram adormecer profundamente.

Acordei muitas horas depois e foi quando abri os olhos que começou exatamente a parte mais estranha de minha aventura. Assim que despertei, vi o céu aberto sobre minha cabeça. Tentei então mover os braços para me levantar, mas, por incrível que pareça, não o consegui. Assustado e surpreendido, notei que meus braços, pernas e até mesmo os cabelos estavam presos ao chão. Cordas muito finas davam a volta por todo o meu tronco e amarravam-me fortemente a estacas, imobilizando-me por completo.

Não é preciso dizer como eu me achava sobressaltado com a situação. Deitado de costas, só podia olhar para cima, onde o sol dardejava quentes raios sobre mim. Subitamente ouvi rumores confusos, que não consegui identificar. Em breve, porém, senti algo mover-se em cima de minha perna esquerda: a coisa veio subindo suavemente até alcançar-me o peito, daí galgando meu queixo como um alpinista a uma rocha.

Espantadíssimo, consegui afinal enxergar uma figurinha humana de pouco mais de seis polegadas* –, empunhando arco e flecha e com um carcás às costas! Quase ao mesmo tempo meus olhos viram mais uns quarenta da mesma espécie. Tudo aquilo me irritou, e pus-me a soltar gritos tão horrendos que todas aquelas pessoinhas fugiram aterrorizadas e com tanta velocidade que muitas caíram de meu corpo ferindo-se gravemente, como vim a saber depois.

Mas isso, entretanto, não os manteve longe muito tempo. Dali a pouco voltaram todos, como um bando de insetos. Um deles teve mesmo a ousadia de subir ao meu rosto e olhar-me de perto, com o que ficou muito espantado. Levantou as mãos e arregalou os olhos com admiração, pondo-se a gritar *Hekinah*

---

* Medida inglesa de comprimento equivalente à duodécima parte do pé, ou, aproximadamente, a 0,0254 m. (N. do E.)

Degul! com voz esganiçada mas nítida, palavras que foram repetidas pelos outros muitas vezes, mas cujo sentido não consegui entender.

Eu estava profundamente perturbado, como o leitor bem pode imaginar. Não é todo dia que formigas humanas nos amarram e põem-se a gritar esganiçadamente sobre nosso peito. Nunća, em minha atribulada vida de marinheiro, ouvi contar sobre coisa semelhante.

Minha situação não era nada boa, pois senti que as cordas estavam amarradas fortemente a seus suportes. Mas resolvi tentar. De um repelão procurei livrar o braço direito que me parecia o mais frouxo e tive sorte: as estacas cederam. Uma dor lancinante me tomou quando quis soltar as cordas que prendiam meus cabelos do lado direito. Não foi brincadeira! Cada fio estava atado a uma corda fina e resistente, o que, com o puxão, quase arrancou-me o couro cabeludo. Seja como for, consegui dar à cabeça uma liberdade maior do que antes, podendo virá-la um pouco para os lados. Foi o que bastou. Esses meus dois movimentos apavoraram de tal modo os homenzinhos que estes fugiram ainda mais rapidamente do que na primeira vez, soltando gritos agudíssimos.

Quando os gritos cessaram, ouvi um deles exclamar: *Tolgo phonac!*, e em seguida senti a mão picada por mais de cem flechas como se fossem agulhas. Depois, atiraram para o ar uma nova remessa, para que fizessem uma curva e caíssem sobre meu corpo, como nós na Europa atiramos bombas. Felizmente pude proteger o rosto com a mão direita, ficando a pobre coitada toda ferida na batalha.

Assim que as flechas amainaram um pouco, tentei novamente libertar-me. Não seria daquela vez: uma descarga maior do que a primeira caiu sobre mim. Para piorar a situação, alguns deles tentaram também me perfurar com lanças. Agradeço ao Senhor trazer ainda vestida minha roupa de pele de búfalo, difícil de ser penetrada pelas armas dos coléricos homenzinhos.

Achei que o melhor seria manter-me quieto e na mesma posição até o anoitecer. Na escuridão conseguiria libertar o braço esquerdo e me livrar do resto das cordas mais discretamente. Apesar de preso, sentia-me forte como um poderoso exército ante o tamanho de meus inimigos. Claro está que não seriam aqueles homúnculos a vencerem Lemuel Gulliver, marinheiro de todos os mares. Ai de mim! Mal sabia o que a sorte me reservava.

Ao me verem imóvel, deixaram de me atirar flechas. Pelo barulho que aumentava, entretanto, notei que haviam crescido em número à minha volta. Curioso e apreensivo, movi os olhos o mais que pude, conseguindo distinguir a vários metros de distância muitos homenzinhos que construíam uma espécie de estrado a um palmo e meio de distância do chão. Trabalharam nele durante uma hora aproximadamente, e quando pronto notei que o estrado poderia abrigar quatro figurinhas. Como haviam construído também uma escada junto ao estrado, imaginei logo que as autoridades desejavam fazer um discurso, hábito, aliás, de todas as autoridades. Ah, se pudesse prever com a mesma exatidão o lugar onde foram enterrados os tesouros, estaria rico e feliz, sem necessitar de viagens ou clientela! Pois nem acabei de pensar e já um homenzinho – que parecia pessoa importante – subiu rapidamente as escadas e chegando ao alto dirigiu-me um longo discurso do qual não entendi coisa alguma.

Antes de principiar a falação, a autoridadezinha exclamou três vezes: *Langro Dehul San!* Vendo que eu não dava sinais de compreendê-lo, repetiu as palavras acompanhadas de vários gestos que não me adiantaram de grande coisa.

Depois disso, uns cinquenta homens avançaram e cortaram as cordas que prendiam a parte esquerda de minha cabeça. Que alívio! Pude movê-la livremente para a direita e observar o rosto e os gestos da figurinha que arengava. Era um homenzinho de meia-idade, de estatura mais alta que os três que o rodeavam. Um deles lhe segurava a ponta da capa e tinha um jeito de pajem, enquanto os outros dois permaneciam de pé, a seu lado, naturalmente para ampará-lo ou ajudá-lo a descer do estrado.

Mesmo sem entendê-lo, pensei que deveria ser um bom orador e esqueci um pouco minha desdita, tão distraído fiquei por seus gestos. Imaginei que, como todos os oradores, misturava no discurso períodos cheios de promessas com outros cheios de ameaças, e isso me fez sorrir.

Acabando ele de falar, respondi em poucas palavras, ou melhor, mostrando através de sinais com minha mão solta as aflições que me roíam. Ergui com humildade os dois olhos para o sol, como para torná-lo por testemunha, e levando várias vezes a mão à boca dei a perceber que morria de fome. Meu apetite na verdade era tão forte que mandei às favas a boa educação que Lemuel Gulliver sempre fez questão de ter, fosse qual fosse a ocasião.

Se as línguas não se entendem, os gestos, para nossa felicidade, se compreendem às mil maravilhas. O *Hurgo* (é assim que chamam um fidalgo, vim a saber depois) percebeu imediatamente minha situação. Desceu do estrado e ordenou que encostassem várias escadas de mão em meu corpo, por onde subiram mais de cem homens carregados de cestos cheios de iguarias. Notei que havia carnes de diversos animais, mas não consegui distingui-las pelo sabor. Dirigiram para minha boca quartos parecidos com os de carneiro e deliciosamente preparados, mas menores do que a asa de uma cotovia.

Eu os engolia a três e quatro, acompanhados a cada vez por seis pães bem saborosos. Ao me verem comer com tal apetite, comentavam entre si demonstrando grande assombro, pois isso devia estarrecê-los tanto quanto meu prodigioso tamanho. Mas a sede também me torturava, e tornei a fazer gestos em direção à boca para que me trouxessem de beber.

Novamente fui atendido por esse povo estranho e interessante. Viram logo que uma pequena quantidade de líquido não satisfaria ao gigante diante deles. Rolaram então até minha mão direita um dos maiores tonéis de vinho que provavelmente possuíam, quebrando-lhe a tampa. Bebi-o de um trago e com enorme prazer. Trouxeram outro que foi também esvaziado por minha garganta abaixo. Como a sede ainda persistisse depois de tanta luta com as ondas e o quente sol a pino, fiz de novo o mesmo sinal para que me trouxessem mais bebida.

Os homenzinhos pululavam à minha volta, todos muito admirados com as façanhas do gigante. Terminando eu de beber o último barril, manifestaram grande alegria e puseram-se a dançar e a cantar, repetindo várias vezes como antes: *Hekinah Degul! Hekinah Degul!*

Pouco depois ouvi uma exclamação geral, em que distingui as palavras *Peplom Selan* pronunciadas repetidas várias vezes. Em seguida vi que muitos deles se movimentavam pelo lado esquerdo de minha cabeça, libertando-me um pouco das cordas que me prendiam. Tendo os movimentos mais livres, pude virar-me e satisfazer o desejo de urinar, o que realizei depois de grande correria do povo. Percebendo o que iria acontecer, puseram-se todos a fugir como lebres em desabalada carreira. Foi um dilúvio!

Como antes me haviam aplicado no rosto e nas mãos uma pomada de aroma agradável, a dor das picadas cessara. Os olhos me pesavam, e imaginei que o bem-estar aliado às bebidas e à posição em que me encontrava fossem responsáveis por isso. Engano meu, como mais tarde vim a saber: ordenara o imperador que me dessem vinho com soporífero, e durante mais ou menos oito horas dormi como uma pedra.

Durante meu sono, o imperador de Lilipute (assim se chamava o país) ordenou que me conduzissem à capital. Era uma decisão corajosa e cheia de perigo, pois eu poderia despertar assustado, rebentar num acesso de fúria todas as cordas e esmagar o povo como a um bando de insetos. Apesar disso, era também uma decisão prudente: sob efeito do soporífero me mostraria tão dócil de manejar como um saco de batatas, coisa que não poderiam garantir, estando eu de olhos abertos. Ainda assim admirei o arrojo dos homenzinhos quando soube de tudo mais tarde, e duvido que qualquer outro rei da Europa tivesse a mesma coragem em semelhante situação.

Quinhentos carpinteiros e engenheiros trabalharam a toda pressa para construírem um veículo de sete pés* de comprimento, quatro de largura e vinte e duas rodas. Depois de pronto, levaram-no até o lugar onde me encontrava e começaram os problemas, como me disseram depois: levantar o gigante e colocá-lo sobre o carro era tarefa difícil e que exigia massa cinzenta. O povinho, entretanto, não se deixava vencer.

Excelentes matemáticos e construtores, possuíam máquinas capazes de transportar troncos de árvores colossais, sendo seus poderosos vasos de guerra de nove pés de comprimento construídos na própria floresta onde se achava a madeira e conduzidos de grandes distâncias até o mar.

Primeiramente fincaram no chão oitenta vigas de um pé de altura cada uma, munidas de roldanas, por onde passavam cordas fortíssimas da grossura de barbantes. Com elas envolveram cuidadosamente o meu tronco, pescoço, braços e pernas. Os novecentos homens mais fortes de Lilipute foram encarregados de levantar-me, e assim, em menos de três horas, fui colocado sobre o veículo, no qual tornei a ser amarrado. Mil e quinhentos cavalos do imperador, medindo cada um cerca de quatro polegadas e os maiores de Lilipute, foram atrelados ao carro para me conduzir à capital, situada a meia milha de distância.

Se os fatos que conto são estranhos para Lemuel Gulliver, cirurgião e marinheiro dos sete mares, imagino como não o serão para o leitor. E tudo isso era pouco em comparação ao que aconteceria mais tarde.

---

* Medida inglesa de comprimento que se divide em doze polegadas e que equivale aproximadamente a 0,3048 m. (N. do E.)

Quatro horas depois de iniciada a viagem, fui acordado por um ridículo acidente que poderia ter tido consequências desagradabilíssimas. Uma avaria obrigou nosso carro a parar durante meia hora, enquanto os homens tratavam de consertá-lo. Curiosos, três liliputianos decidiram subir ao meu corpo para olharem o gigante rosto a rosto. Pensam que se mostraram satisfeitos com isso? De modo nenhum!

Um deles, oficial da guarda, num acesso de imbecilidade, resolveu enfiar em meu nariz boa parte da lança que trazia. Foi a conta. A lança fez-me cócegas na narina e dei um espirro violento, projetando o intrometido pelos ares como se fosse uma bala de canhão. Felizmente para ele, sua queda se deu sobre um lago cujos patos se assustaram com o bólido vindo dos céus e fugiram espavoridos, não ocorrendo nada de mais grave além disso. Só três semanas mais tarde contaram-me tudo, ficando eu bem contente com a lição que, mesmo sem querer, dera ao militar. No futuro ele pensaria duas vezes antes de fazer bobagem semelhante, ou não me chamo Lemuel Gulliver.

A viagem estendeu-se por todo o dia e só à noite nos detivemos para descansar. Soube que colocaram os quinhentos melhores arqueiros de Lilipute de cada lado do estrado, enquanto outros tantos homens iluminavam com tochas meu corpo estendido. Qualquer movimento e me alvejariam sem dó nem piedade. Meu sono, contudo, foi tão pesado que só acordei no dia seguinte ao nascer do sol, quando prosseguimos a marcha. Cerca de meio-dia estávamos ante as portas da cidade.

O imperador, acompanhado de seu séquito, abandonou o palácio para ver com os próprios olhos o gigante de que ouvira falar. Os cortesãos, entretanto, não permitiram que Sua Majestade arriscasse a vida subindo em meu corpo para espiar-me de perto, como muitos outros haviam feito.

Eu estava então completamente desperto. E, por que não dizer, também curioso e vagamente preocupado com a sorte que me reservava aquele povo miúdo.

O veículo parou junto a um antigo templo abandonado porque nele fora cometido um homicídio que o profanara. Entretanto, como era uma das maiores construções do império, decidiram que eu fosse alojado nesse edifício.

A grande porta media quatro pés de altura e dois de largura, o que me permitia entrar facilmente por ela, havendo também muitas janelas. Embora eu me sentisse um coelho na toca, como bem pode imaginar o leitor, a penumbra e a temperatura agradável do templo serviram para me aliviar da luz e do sol excessivos. Os liliputianos, entretanto, não confiavam em minha calma, prendendo-me o ferreiro do imperador com noventa e uma correntes muito fortes, como as que fecham os relógios das moças na Europa, e que foram passadas à minha perna esquerda e a uma das janelas. Trinta e seis cadeados completavam o esquema de segurança.

Diante do templo erguia-se uma torre de uns cinco pés de altura pelo menos. A ela subiram o imperador e seus ministros para observarem o fenômeno que, por razões do destino, era o marinheiro que lhes fala.

Isso me contaram mais tarde, pois na minha posição não consegui avistar o imperador. Sei também que mais de cem mil habitantes saíram às ruas, cruzando os portões da cidade para me verem. E muitos deles subiram-me pelo corpo acima com o auxílio de escadas, apesar dos dez mil guardas que tentavam impedi-los.

Nunca pensei que Lemuel Gulliver se visse algum dia em tal situação. Sentia-me como um grande circo cheio de feras raras, ursos e leões amestrados e, podem acreditar, é uma posição bastante estranha para quem em toda a sua vida exerceu apenas os ofícios de cirurgião e homem do mar. Tantos foram os visitantes e tão grande algazarra fizeram que o imperador assinou um decreto proibindo que escalassem meu corpo, sob pena de o desobediente ser condenado à morte.

Depois de muito confabularem, as autoridades encarregadas de minha pessoa chegaram à conclusão de que me seria difícil escapulir. Ordenaram então que me libertassem das cordas, deixando contudo as correntes como estavam antes. Era pouco, mas era alguma coisa. Levantei-me tristemente e pus-me a dar alguns passos para desentorpecer o corpo, que já se encontrava dolorido com a permanência na mesma posição. A corrente media umas duas jardas,* permitindo-me andar para a frente e para trás num semicírculo. Disso me aproveitei durante muito tempo, e o que vi de pé foi extremamente pitoresco e interessante, mesmo para os viajados olhos deste marinheiro. O leitor verá se não tenho razão.

---

* Medida inglesa de comprimento equivalente a três pés ou 914 mm. (N. do E.)

Capítulo 2

O IMPERADOR DE LILIPUTE VISITA
O AUTOR ACOMPANHADO DA CORTE.
DESCRIÇÃO DO IMPERADOR E SEUS TRAJES.
ERUDITOS SÃO NOMEADOS PARA ENSINAREM
AO VISITANTE A LÍNGUA DA TERRA.
FACILIDADES A ELE CONCEDIDAS POR
SUA CONDUTA SERENA. MESMO ASSIM
REVISTAM-LHE OS BOLSOS E LHE
CONFISCAM ESPADA E PISTOLA.

Confesso que nunca havia contemplado paisagem tão curiosa e bonita como a que se descortinava à minha frente.

Eram jardins e mais jardins, campos e mais campos entremeados com verdes florestas em que as árvores mais altas mediriam no máximo sete pés de altura. À minha esquerda brilhavam as casas de Lilipute sob o sol, como uma cidade de brinquedo. Durante bons minutos contemplei pensativo e absorto o estranho lugar, e assim permaneceria muito tempo se algo muito mais urgente não solicitasse minha atenção.

Que me perdoe o leitor pelo que vou dizer, mas Lemuel Gulliver nunca pretendeu ser superior a nenhum outro homem. Há dois dias eu não realizava minhas necessidades fisiológicas que, como bem se pode imaginar, me incomodavam ao extremo. Via-me em apuros e, sabendo-me observado pelos liliputianos, a vergonha me impedia de tomar qualquer atitude salvadora.

A natureza, no entanto, é cruel como uma tempestade em alto-mar. Quanto mais nos debatemos, mais se encarniça contra nós. Assim, a melhor coisa que me ocorreu foi entrar como um tufão em minha casa, encostar a porta e realizar o que o corpo esperava de mim. Servir-me do chão, desse modo, desagradou profundamente a meus hábitos de limpeza, sendo isso unicamente devido ao momento de desespero que atravessava. Depois desse dia habituei-me a resolver tal problema logo ao levantar-me, quando não havia ninguém por perto, e o mais longe possível que me permitia a corrente. Dois criados se encarregavam de transportar em carrinhos de mão o que eu descomia, resolvendo assim uma questão que afligia o homem asseado que sempre fui.

Encerrado o incidente, tornei a deixar a casa em busca de ar puro. O imperador, descendo da torre, resolvera espiar-me mais de perto e vinha a cavalo em minha direção, quando a montaria, espantada com qualquer movimento que fiz, por pouco não atira ao chão Sua Majestade. Felizmente tal coisa não ocorreu: o imperador era bom cavaleiro e pôde controlar prontamente o animal.

Desmontando, Sua Majestade pôs-se a me examinar com toda a atenção, embora se mantendo fora do alcance de minhas correntes. Notei que se mostrava admiradíssimo com o espetáculo, observando-me agudamente dos cabelos à ponta dos pés. Depois de algum tempo cansou-se de manter o pescoço tão espichado para o alto e, para descansar, ordenou que me trouxessem comida e bebida. Arrastaram até minha mão vinte cestos repletos de iguarias e dez grandes tonéis contendo bebida de ótima qualidade. Em três bocados fiz sumir por minha garganta os grandes assados que transbordavam dos cestos. Quanto ao vinho, enxergando eu um grande recipiente metálico, vazio e limpo, enchi-o com o vinho de todos os tonéis e o esvaziei de um só gole com delícia. Mais tarde vim a saber que a forma serviria para uma grande piscina pública, a maior de Lilipute.

O imperador, como já disse, não estava sozinho. Em volta dele se encontravam a imperatriz e os jovens príncipes de sangue, todos muito curiosos e intrigados, trocando animadamente palavras entre si.

Eu também me sentia bastante curioso, observando todas aquelas figurinhas de boca aberta e com um ar tão perplexo ante o fenômeno. Para contemplá-los com maior comodidade, deitei-me de lado, ficando meu rosto frente a frente com o do imperador, a quem observei cuidadosamente. Mais tarde o tive muitas vezes na palma de minha mão e posso dizer que o conheço de perto, sem medo de engano.

Era o habitante mais alto de toda a corte. Possuía uma figura majestosa embora contando apenas vinte e oito anos, e destes já reinara sete com grande sabedoria e muitas vitórias, como me afirmaram depois. Seus traços eram vigorosos, tinha o nariz aquilino e uma bonita tez cor de azeitona, além de um corpo bem proporcionado e gestos elegantes. Vestia roupa simples contendo uma estranha mistura de influências europeias e asiática, mas o elmo que lhe enfeitava a cabeça era de ouro engastado com pedras preciosas e encimado por um grande penacho branco.

Para defender-se, caso fosse preciso, segurava uma belíssima espada de punho de ouro e diamantes que deveria medir três polegadas de comprimento. Tinha a voz aguda mas tão clara que, mesmo de pé, eu conseguia ouvi-lo.

Ao contrário dele, os outros cortesãos vestiam-se com um luxo que fazia cintilar o local onde se encontravam reunidos, tal a quantidade de ouro e pedrarias bordadas nos trajes.

Sua Majestade concedeu-me a honra de dirigir-se a mim muitas vezes e eu sempre lhe respondi, sem que nos entendêssemos um ao outro. O imperador ordenou, então, que se aproximassem alguns sábios, conhecedores de muitos idiomas, na tentativa de estabelecer uma comunicação entre nós. Dirigi-me aos mestres em todas as línguas que conhecia tais como o baixo e alto holandês, o latim, o francês, o espanhol, o italiano e a língua franca, mas em vão. Nem eles me conseguiram entender, nem eu a eles.

Duas horas depois a corte se retirou, deixando uma forte escolta para impedir que a multidão me molestasse, pois as pessoas se empurravam umas às outras para me verem melhor. Alguns cometeram mesmo a maldade de me alvejarem com flechas, sendo que uma delas quase me vaza o olho direito. O coronel da guarda, entretanto, agiu com rapidez: prendeu os malvados, colocando-os como castigo ao alcance de minha mão. Não tive dúvidas em lhes pregar um susto do qual não se esqueceriam: enfiei os seis tratantes no bolso do casaco e sacudi bastante a algibeira. Depois puxei-os dali um por um levando-os em direção à minha boca, como se fosse devorá-los.

Gritaram e espernearam, brancos de pavor, achando que uma morte horrível os esperava. Também o coronel e seus homens ficaram aterrados com minha atitude, mas tranquilizaram-se quando cortei com o canivete as cordas dos tratantes, colocando-os delicadamente no chão. Tanto os soldados como o povo mostraram-se satisfeitos e meu gesto foi descrito na corte de maneira muito elogiosa para mim.

À noite, esgueirei-me para dentro do templo e estendi-me no chão duro. Dormi desse modo durante quinze dias, quando então ficou pronto o leito que me construíram, formado de cento e cinquenta camas reforçadíssimas, pregadas umas às outras, colocando-se sobre elas três camadas de colchões. Isto e mais lençóis, colchas e cobertores, que dezenas de costureiras do império esforçadamente aprontaram, deram-me um conforto a que meus pobres ossos já se haviam desacostumado.

À medida que a notícia de minha chegada foi-se espalhando, as pessoas desocupadas ou curiosas do império puseram-se a caminho para me verem. É claro que isso provocou uma confusão dos diabos: os campos foram abandonados com grande prejuízo para a lavoura, as aldeias esvaziadas, a administração largada no maior pandemônio. A tal ponto chegou a situação que o imperador assinou um decreto obrigando terminantemente todas as pessoas que já me houvessem visto a voltarem para suas casas. E mais: quem quisesse tornar a ver o gigante, teria que obter uma autorização da corte por bom dinheiro.

Como em toda a parte há basbaques, eles continuaram a aparecer em grande número, mas não sem antes engordarem os bolsos dos funcionários do Estado.

Soube depois que o imperador nessa época vivia preocupado, reunindo frequentemente o Conselho para discutir o que fazer com Lemuel Gulliver, pois este, para Lilipute, significava um problema no mínimo do tamanho de sua altura.

Em primeiro lugar, temiam que eu fugisse, vingando-me antes por me terem aprisionado. Em segundo, receavam para breve uma grande escassez de comida no país, pois grande parte dos víveres era encaminhada para meu estômago. Em terceiro, havia a questão dos gastos: sendo o sustento deste marinheiro que lhes fala muito dispendioso, abria um forte rombo no orçamento do império.

Mal sabia eu então do perigo que corria.

Em certo momento, o imperador e o Conselho decidiram matar-me de fome. Depois, entretanto, resolveram apressar bondosamente minha morte, atirando-me flechas envenenadas e às quais eu de modo algum escaparia. Tal solução foi impedida pelo medo de que meu cadáver provocasse uma peste em Lilipute e também ante a súbita chegada de alguns oficiais que haviam presenciado minha atitude com os seis malandros. A narrativa do episódio provocou tão boa impressão no imperador e no Conselho que logo assinaram uma ordem obrigando a todos os aldeões, num raio de sessenta jardas em torno da capital, a contribuírem diariamente para o meu sustento com seis vacas e quarenta carneiros, além de uma boa quantidade de pão, vinho e outras bebidas.

Em paga desses víveres, o imperador, como fazem todos os governos, forneceu aos aldeões letras do tesouro de Lilipute a serem resgatadas no futuro. O governante, contudo, vivia principalmente de suas rendas. Só em raras ocasiões – como por exemplo nas guerras – exigia dos súditos que pagassem imposto.

Foram nomeadas para me servirem seiscentas pessoas mediante salário, tendo o governo levantado tendas para abrigá-las nas proximidades de minha porta. Não fosse a miserável situação de prisioneiro que me acorrentava, eu me sentiria um verdadeiro nababo, pois nunca tanta gente se incomodou por causa de Lemuel Gulliver!

Trezentos alfaiates fizeram para mim uma roupa como exigia a moda de Lilipute. Além disso, seis dos maiores sábios do império foram encarregados de me ensinarem sua língua, da qual, como sabe o leitor, eu não entendia patavina.

Após três semanas, fizera grandes progressos nessa língua. É bem verdade que tinha ótimos professores: até mesmo o imperador aparecia de vez em quando para ajudar-me no aprendizado. Já conseguia conversar, embora de maneira limitada, e logo que aprendi algumas palavras essenciais pedi ao imperador, de joelhos, que me concedesse a liberdade. Respondeu-me como bom político que "só o tempo poderia resolver semelhante problema, tendo o Conselho que debater cuidadosamente o assunto". Além disso, eu teria antes de mais nada que *lumos kelmim pesso desmar lon emposo*, isto é, jurar manter a paz com ele e seu império.

Prometeu-me, contudo, que seria tratado com a maior gentileza e aproveitou para sugerir-me paciência e calma. Isso, afirmou, conquistaria a estima tanto sua quanto a de seus vassalos. Pediu ainda que não me zangasse, mas seus funcionários teriam que revistar-me os bolsos por motivos de segurança.

Respondi ao imperador por meio de palavras e sinais que estava pronto para a revista. Como ele bem sabia que sem meu consentimento tal coisa não poderia ser feita, suspirou aliviado. Assegurou-me também que todos os objetos confiscados seriam devolvidos quando eu abandonasse o país, ou trocados por uma quantia de dinheiro estipulada por mim.

Peguei os dois funcionários colocando-os primeiro nos bolsos do casaco. Percorremos depois os outros bolsos com exceção de dois do cinto e um outro secreto, que guardavam coisas pessoais e unicamente de meu interesse.

Munidos de papel e tinta, os funcionários fizeram uma lista completa de tudo o que viram. Mais tarde pude dar uma espiada nessa lista e achei-a bastante engraçada. Sua tradução é mais ou menos a seguinte:

"No bolso direito do casaco do Homem-montanha (pois era assim que me chamavam) *encontramos um corte gigantesco de pano, tão grande que poderia servir de tapete para a sala do trono.*

"No bolso esquerdo foi encontrado um grande cofre de prata, fechado e com tampa pesadíssima que não conseguimos levantar. Pedimos ao dono que o abrisse: quando um de nós penetrou no interior do cofre, viu-se afundado até os joelhos num pó que nos fez espirrar tanto que logo pedimos ajuda ao Homem-montanha. Ele fechou imediatamente a caixa e os espirros cessaram.

"No bolso direito do colete encontramos um prodigioso maço branco da espessura de três homens que acreditamos seja papel, um papel muito grosso e fortíssimo, ligado por uma corda e coberto por letras quase tão grandes quanto a palma de nossas mãos.

"No esquerdo, encontramos uma estranha engenhoca de cujo dorso partiam vinte postes compridos semelhantes às paliçadas diante do palácio imperial. Resolvemos dar alguns passos para trás com o fito de observar melhor o objeto e qual não foi a nossa surpresa ao distinguirmos um pente parecido com os que se usam entre nós.

"No bolso direito dos calções (assim traduzo a palavra ranfu-lo) *vimos um grande pilar de ferro preso a uma grossa peça de madeira. De um lado desse pilar, que é oco, saíam outras peças de ferro. No bolso esquerdo encontramos outra máquina semelhante, embora não tenhamos a mínima ideia de sua serventia. No bolso menor do lado direito nos deparamos com diversas peças*

redondas e chatas de metal branco e vermelho, de tamanhos diferentes. Algumas das rodelas brancas, que nos pareceram de prata, eram tão pesadas que mal conseguimos movê-las. No bolso esquerdo havia duas colossais lâminas de aço encobertas por um estojo negro. Pedimos ao Homem-montanha que nos expusesse as lâminas, explicando-nos ele que em seu país usava-se uma delas para se fazer a barba e a outra para cortar barbantes e coisas assim.

"Nos bolsos do cinto não pudemos entrar por ser muito estreito, mas o Homem-montanha puxou a grande corrente de prata que mergulhava no interior do bolso tirando de lá um maravilhoso engenho: é um globo de forma achatada, metade em prata, metade transparente. No lado transparente estão traçados estranhos caracteres em círculo e, quando quisemos tocá-los com nossas mãos, esbarramos na resistente transparência. A máquina faz um barulho forte e incessante, como o de um moinho de água.

"Supomos que seja um animal desconhecido ou o deus adorado pelo Homem-montanha. Como este explicou-nos que nada faz sem consultá-lo, inclinamo-nos mais pela segunda hipótese. Chamou-o também de oráculo e acrescentou que este o orientava em todos os atos de sua vida, pelo que deve ser mesmo o seu deus.

"Do bolso esquerdo do cinto retirou também várias moedas pesadíssimas de metal amarelo, muito parecido com ouro. Se o forem, trata-se de um tesouro incalculável.

"De uma correia feita de pele de animal pendia uma enorme espada do tamanho de seis homens. Vimos ainda uma bolsa dividida em dois compartimentos, cheia de globos ou balas de um metal muito pesado. No outro compartimento encontramos um monte de grãos negros, leves e não muito grandes. Desconhecemos também para que servem.

"Temos a acrescentar que o Homem-montanha tratou-nos com toda a gentileza, respeitando integralmente as ordens que lhe foram dadas. Assinado e selado aos quatro dias da octogésima lua do feliz império de Vossa Majestade.

Flessen Frelockc e Marsi Frelock."

Quando a lista foi lida ao imperador, ordenou-me ele, embora com toda delicadeza, que lhe entregasse os objetos mencionados. Deu ordens para que os três mil melhores arqueiros de Lilipute o rodeassem a certa distância, temendo uma reação hostil de minha parte.

Lemuel Gulliver, porém, sabe ter tato e sangue-frio nas circunstâncias necessárias. De olhos fixos no imperador, fingi nem perceber a movimentação das tropas. Tirei lentamente o sabre com a bainha do cinto e os depositei aos meus pés.

Sua Majestade pediu-me em seguida que retirasse a arma da bainha, no que obedeci prontamente. As tropas deram então um grito espantoso. Logo percebi o que acontecera: o sabre, embora enferrujado pela água do mar, ainda brilhava bastante. Ora, o sol acima de nossas cabeças refletiu-se na lâmina e foi como se uma espada de fogo tocasse a vista de nossos liliputianos.

Corajoso, o imperador logo recobrou-se, apesar de sua visível palidez. Pediu-me que tornasse a guardar o sabre na bainha e o colocasse no chão.

A seguir exigiu minhas pistolas, no que foi obedecido. Expliquei-lhe da melhor forma que pude como funcionavam, e, avisando ao imperador sobre o estrondo que ouviria, dei um tiro para o ar.

Nunca, em toda a história de Lilipute, houve um susto tão pavoroso como o daquele dia. Centenas de pessoas caíram duras para trás, desmaiadíssimas. Os cavalos desembestaram. Os arqueiros deixaram cair arco e flecha e muitos taparam o ouvido acreditando ser o fim do mundo. Até mesmo o imperador sentou-se numa cadeira e pediu discretamente um copo de água para acalmar os nervos em frangalhos.

Depositei logo no chão as pistolas, a pólvora e as balas, advertindo ao imperador que as conservasse longe do fogo, pois poderiam fazer voar pelos ares o palácio imperial.

A seguir entreguei o relógio, que o imperador observou de vários ângulos, intrigadíssimo. Espantou-se muito com o barulho e com o movimento do ponteiro dos minutos, coisas que os liliputianos percebem facilmente por terem uma vista bem mais aguda que a nossa. Tão estarrecido estava o imperador com meu relógio que convocou os sábios da corte para que opinassem sobre o instrumento. As opiniões devem ter sido muito disparatadas e interessantes, mas infelizmente pouco consegui entender do que falaram.

Entreguei também as moedas de ouro, prata e cobre, o canivete, a navalha, o pente e a tabaqueira, o lenço e o diário. O sabre, as pistolas e as moedas foram confiscados, mas o resto felizmente me foi devolvido.

Consegui guardar também – no bolso secreto – meus óculos, que às vezes uso por ter a vista fraca, uma pequena luneta de bolso e outros objetos miúdos e úteis. Fiquei bem satisfeito de haverem escapado à inspeção, pois, se me tomassem tais objetos, o certo é que sumiriam ou se quebrariam, disso tenho eu tanta certeza como tenho de que dois e dois são cinco.

Capítulo 3

O AUTOR DIVERTE A NOBREZA DE MANEIRA BASTANTE ORIGINAL.
A LIBERDADE LHE É CONCEDIDA SOB CERTAS CONDIÇÕES. PASSATEMPOS DA CORTE DE LILIPUTE.

Meu bom comportamento foi conquistando aos poucos a confiança do imperador e do povo de Lilipute. Isto, é claro, deixou-me bem alegre, e tratei de multiplicar os gestos delicados na esperança de recobrar a liberdade o mais cedo possível.

De tal modo foram perdendo o medo que antes sentiam do gigante que me deitava no chão e muitos vinham dançar sobre meu peito. Até mesmo as crianças aproveitavam-se para brincar de esconder entre os cabelos de Lemuel Gulliver, o que, cá para nós, exigia uma grande dose de imobilidade e paciência infinita.

Nessa época já falava razoavelmente bem a língua do país. Certo dia resolveu o imperador levar-me para assistir a um espetáculo muito divertido e apreciado em Lilipute, no qual realmente os habitantes de lá são verdadeiros mestres.

A diversão, praticada somente pelos que pretendem altos cargos na corte, é a seguinte: dar pulos e saltos mortais equilibrando-se sobre uma corda bamba a vários metros do solo. Apesar de ser uma arte perigosíssima, pois, ante qualquer descuido, o infeliz despenca e pode quebrar os ossos, mesmo assim é praticada desde a juventude pelos liliputianos dotados de ambição.

Quando algum alto posto na corte fica vago por demissão ou morte de seu dono, apresentam-se imediatamente cinco ou seis ambiciosos ao imperador: estende-se então uma corda meio frouxa e um por um dança e pula até cansar. O que fizer mais acrobacias e pular mais alto sem cair, obtém o cargo.

Mas nem só aqueles que pretendem um alto cargo dançam na corda bamba. Também os ministros de vez em quando recebem ordem de se exibirem no esporte, para mostrarem que não perderam seu talento. Confesso que já vi muita coisa neste mundo, mas nada que se comparasse às cabriolas feitas por aqueles sisudos e respeitáveis ministros de Lilipute.

Observei com estes próprios olhos o tesoureiro Flimnap, homem de meia-idade e bastante rabugento, a dar vários saltos-mortais seguidos sobre uma corda que não oferecia a menor segurança. Parece que é o grande campeão de Lilipute nessa modalidade. Depois dele vem Reldresal, secretário principal dos Negócios Privados e seu grande concorrente.

Essas competições terminam às vezes num acidente fatal. Eu mesmo vi dois ou três candidatos quebrarem uma perna na estripulia. A situação piora muito quando os próprios ministros se exibem, tentando cada qual superar os outros com suas proezas. O resultado é que todos já tenham tido pelo menos uma queda e pelo menos uma costela partida.

Contaram-me que, dois anos antes de minha chegada, o tesoureiro Flimnap deu saltos tão incríveis sobre a corda que se despencou lá de cima como um bólido. Teria quebrado infalivelmente o pescoço se não houvesse caído sobre uma das poltronas vazias ali colocadas para os cortesãos.

Não pense o leitor que essas quedas os façam desistir: logo que o osso quebrado se cola, lá estão eles a disputarem a vaga na corte ou a provarem que são mesmo campeões nesse esporte.

A princípio sentia-me com o coração na mão ante toda aquela gente de cara fechada a dar saltos e mais saltos no ar como se dispusessem de asas. É bem verdade que muitos voavam até mais do que gostariam, mas sempre em direção ao chão duro, onde se esborrachavam.

Existe também outra prova de agilidade em Lilipute, celebrada apenas diante do imperador, da imperatriz e do primeiro-ministro. O imperador segura uma vara na mão em sentido horizontal e os candidatos ora pulam por cima dela, ora se arrastam por baixo dela, conforme a vara se adiante ou se afaste. Quem salta e se arrasta com mais agilidade e por mais tempo é o vencedor da prova. O prêmio é uma fita de seda azul para o primeiro, vermelha para o segundo e verde para o terceiro. Poucas pessoas no império não têm a sua fita, que trazem enrolada na cintura, e muitas passam toda a existência tentando o primeiro lugar.

O imperador e a corte apreciavam muito os exercícios que os cavalos do exército faziam sobre minha mão como sobre um palanque. Treinei também esses animais em saltos de altura, conseguindo resultados espantosos. Houve mesmo um oficial da guarda do imperador que fez sua montaria saltar sobre meu pé calçado, o que foi realmente um feito prodigioso.

Certo dia, um mensageiro veio informar Sua Majestade de que súditos seus haviam encontrado um objeto estranhíssimo nas proximidades do lugar em que eu atingira a praia no dia do naufrágio. Era ele uma grande montanha preta feita de substância muito esquisita, redonda e imóvel. Por este último detalhe concluíram que a "coisa" não era uma criatura viva. Subiram então ao cimo da montanha através de uma escada, constatando ser ele mais mole do que o resto. Humildemente chegaram à conclusão de que semelhante estranheza devia pertencer ao Homem-montanha, pois nunca se vira nada igual em Lilipute.

Fiquei contentíssimo com a notícia: lá estava meu chapéu. Antes do naufrágio eu o atara ao pescoço para que a força do vento não o arrastasse de mim. Depois naturalmente o perdera de vista, mas ele, fiel companheiro, seguira meus passos sendo afinal descoberto na praia.

Ufa, dias melhores viriam para minha pobre cabeça. Estava cansado de tanto sol e tanta chuva sem ter uma proteção que evitasse as intempéries. Supliquei imediatamente ao imperador que mandasse buscar o chapéu, no que concordou sem discussão.

O chapéu chegou à capital no dia seguinte, mas infelizmente num estado lamentável. Sem saber para que servia tal objeto, os liliputianos encarregados de transportá-lo haviam feito vários buracos em suas abas, por onde passaram ganchos e cordas. Além disso o vieram arrastando por quase dois quilômetros: se o solo de Lilipute não fosse muito liso e plano, meu chapéu ficaria semelhante aos dos espantalhos, amassado, roto e sem nenhuma utilidade.

Dois dias depois o imperador teve uma ideia: para divertir-se, ordenou-me que me mantivesse de pé como um colosso, as pernas abertas, e pediu a seu comandante-chefe que fizesse desfilar por entre as minhas pernas todas as tropas de Lilipute em formação cerrada.

Como os meus calções estivessem nessa época num estado lamentável, o imperador decretou pena de morte para o soldado que olhasse para cima. Mesmo assim alguns dentre eles o fizeram discretamente e riram a bom rir, embora tapando a boca com a mão.

Tantos foram os memoriais que enviei ao imperador solicitando minha liberdade que Sua Majestade resolveu finalmente submeter o caso ao Conselho. Todos concordaram em libertar-me, com exceção de Skyresh Bolgolam, almirante do reino que, sem a menor razão, tornara-se meu inimigo mortal.

Felizmente para mim, a voz do Conselho prevaleceu e Lemuel Gulliver viu-se de novo livre como um passarinho. Antes disso, porém, fizeram-me assinar um papel concordando com as condições exigidas por eles para me libertarem das correntes. Obrigaram-me também a jurar que cumpriria tais condições. O juramento em Lilipute era feito de maneira muito estranha para nós, europeus: consistia em segurar o pé direito com a mão esquerda, colocar o dedo médio da mão direita no alto da cabeça e o polegar na ponta da orelha direita. Quando soube desse método, fui tomado por um frouxo de riso, mas para minha sorte logo consegui controlá-lo.

Como o leitor certamente estará curioso das condições que me deram a liberdade e do estilo liliputiano, aqui as reproduzo:

"Golbasto Momarem Evlame Gurdilo Shefin Mully Ully Gue, poderoso imperador de Lilipute, delícia e terror do universo, cujos domínios se estendem por cinco mil blustrugs *(cerca de doze milhas) e alcançam as extremidades do globo; monarca de todos os monarcas, mais alto que os filhos dos homens; cujos pés calcam o centro da terra e cuja testa bate contra o sol; a cujo aceno de cabeça tremem os joelhos dos príncipes do mundo; agradável como a primavera, confortante como o verão, frutífero como o outono e terrível como o inverno, vem, por meio desses artigos, propor ao Homem-montanha um acordo e juramento solene:*

I) O Homem-montanha só sairá de nossos domínios com licença do imperador.

II) Não entrará em nossa capital a não ser com permissão expressa, e avisando com duas horas de antecedência para que os habitantes se recolham às suas casas.

III) Seus passeios se limitarão às estradas principais de Lilipute, não podendo o Homem-montanha utilizar caminhos menos movimentados nem deitar-se sobre prados ou campos de trigo.

IV) Ao andar pelas estradas, terá o máximo cuidado em não atropelar nenhum de nossos súditos ou seus carros. Só com o consentimento deles poderá segurá-los na mão.

V) Se o imperador necessitar enviar ou receber uma carta com a maior urgência, fica o Homem-montanha comprometido a levar o mensageiro em seu bolso para que a viagem se faça mais rapidamente.

VI) Será também aliado de Lilipute contra os nossos inimigos da ilha de Blefuscu e tudo fará para destruir-lhes a frota, que agora se prepara para nos atacar.

VII) O Homem-montanha ajudará também os trabalhadores do país em certas obras pesadas, auxiliando-os no levantamento de pedras, cúpulas e torres.

VIII) Entregará também – no prazo de duas luas – uma completa descrição de nossos domínios vistos do alto de sua prodigiosa altura.

IX) Depois de jurar solenemente que cumprirá as condições acima, será fornecida diariamente ao Homem-montanha uma quantidade de comida e bebida suficiente para o sustento de mil, setecentos e vinte e oito súditos, o que, segundo os cálculos de nossos matemáticos, alimentará fartamente o seu enorme estômago.

Palácio de Belfaborac, no décimo segundo dia da nonagésima primeira lua do nosso reinado."

E seguia-se a assinatura – bem complicada, aliás – do imperador.

Logo que fui posto em liberdade, atirei-me aos pés de Sua Majestade em sinal de gratidão. Ordenou-me, porém, que me erguesse, dizendo-me palavras de grande gentileza e afabilidade. Manifestou também sua esperança em que eu viesse a me tornar um súdito fiel e merecedor de todos os favores que provavelmente me conferiria no futuro.

A cerimônia acabou em contentamento geral e pude voltar para casa a fim de repousar. Entretanto, certo detalhe não me saía da cabeça: como teriam os matemáticos de Lilipute chegado à conclusão de que meu sustento encheria a barriga de mil, setecentos e vinte e oito súditos?

Algum tempo depois fiz essa pergunta a um amigo liliputiano e ele respondeu-me o seguinte: os matemáticos haviam medido a minha altura enquanto eu me encontrava adormecido, constatando que a proporção de meu corpo para os liliputianos era de um para mil, setecentos e vinte e oito.

Logo, meu estômago bem valia o de mil, setecentos e vinte e oito súditos do império. Macacos me mordam se o povo de Lilipute não é engenhoso, prudente e não sabe muito bem o que faz!

Capítulo 4

DESCRIÇÃO DA CAPITAL DE LILIPUTE E DO PALÁCIO IMPERIAL. O AUTOR E UM SECRETÁRIO DE ESTADO CONVERSAM SOBRE A SITUAÇÃO DO PAÍS. LEMUEL GULLIVER OFERECE AJUDA AO IMPERADOR EM SUAS GUERRAS. .

A primeira coisa que quis conhecer quando me vi em liberdade foi Mildendo, a capital de Lilipute.

O imperador não só me concedeu a permissão como no fundo ficou bem vaidoso de minha curiosidade: achava Mildendo uma cidade linda, bem digna de ser visitada por um estrangeiro. Advertiu-me, contudo, que tivesse cuidado: não fosse eu pisar em um de seus súditos com o meu pé gigantesco ou esmagar uma das bonitas construções da capital.

O povo foi avisado do dia e horário de minha visita, e deram-se ordens para que todas as pessoas permanecessem dentro de casa. Para minha sorte todos obedeceram, pois, havendo um acidente e meu pé atropelando alguém, não sobraria do liliputiano nem a alma para ser enterrada. Fora, é claro, as consequências funestas que recairiam sobre a minha liberdade recém-conquistada.

A muralha que rodeia Mildendo mede dois pés e meio de altura, sendo flanqueada por grandes torres que vigiam o horizonte. Na maior parte das ruas consegui caminhar, em outras contentei-me em dar uma espiada de longe por serem estreitas em demasia. A cidade, no entanto, é bem grande, sendo capaz de abrigar quinhentas mil pessoas. Suas construções são bastante sólidas, possuindo geralmente de três a cinco andares. Vi também na cidade muitas lojas e mercados sortidos e fiquei contente: por mais que eu estivesse trazendo despesas a Lilipute, seu povo ainda dispunha de grande variedade de comezainas ao alcance da mão.

Eu caminhava com extremo cuidado, pois tinha medo de que algum fanfarrão ou maluco ainda se encontrasse pelas ruas. Mas se não vi ninguém andando por Mildendo, as janelas das casas, em compensação, estavam apinhadas de gente: todos queriam ver passar o Homem-montanha.

No centro da cidade ergue-se o imponente palácio imperial, circundado por um grande muro. Como entre este e o palácio há um espaço considerável, transpus o muro e deitei-me no chão, colando meu rosto às janelas de Sua Majestade. Que beleza! Os magníficos salões eram forrados de brocados e veludos, mas arrumados de um modo muito característico de Lilipute. Os móveis, delicadamente esculpidos, nada ficavam a dever a nossos mais famosos artistas europeus, como também os quadros e tapeçarias que enfeitavam as paredes.

A imperatriz e os jovens príncipes chegaram às janelas para me verem, fazendo-lhes eu a mais graciosa reverência de que Lemuel Gulliver, marinheiro e cirurgião, seria capaz. Sua Majestade sorriu e deu-me a mão a beijar, o que fiz respeitosamente.

Não amolarei o leitor, porém, com mais descrições sobre Lilipute no momento: aquelas ficarão reservadas para um livro maior que pretendo escrever, e no qual falarei detalhadamente do país, suas guerras, política, ciências, religião, plantas, animais e costumes. O que desejo contar por enquanto são os acontecimentos ocorridos nos nove meses – aproximadamente – que passei no império.

Como por exemplo a visita que me fez, certa manhã, o secretário de Negócios Privados, Reldresal. Depois de pedir-me uma hora de audiência, acedi e deitei-me no chão para que sua voz pudesse alcançar mais facilmente o meu ouvido.

Como todo político, Reldresal fez-me vários elogios, cumprimentou-me por minha liberdade e falou de mil outras coisas antes de dizer o que realmente o interessava. Até o momento em que afinal desembuchou:

– A situação de Lilipute – disse ele – pode parecer muito boa aos estranhos, mas, na verdade, grandes dificuldades nos atormentam. Em primeiro lugar, uma violenta discórdia interna; em segundo, a ameaça de invasão por parte de um poderosíssimo país inimigo. Quanto à discórdia que menciono, ocorre devido à existência de dois partidos políticos adversários, o *Tramecksan e o Slamecksan*. Os membros de um partido usam salto alto, os membros do outro usam salto baixo, e por tal diferença se briga há setenta luas em Lilipute. Uns afirmam que os saltos altos são os melhores para o país, enquanto outros berram que sem os saltos baixos o Estado já estaria completamente arruinado.

– Chegou a tal ponto – continuou ele – a hostilidade entre os dois partidos que os membros de um já não querem comer, beber nem falar com os membros do outro. Para piorar a confusão o príncipe herdeiro tem uma forte simpatia pelos saltos altos, mas como o poder está seguro e bem seguro nas mãos dos de saltos baixos, Sua Alteza usa salto alto num pé e salto baixo no outro, o que o faz manquejar quando anda.

O secretário de Negócios Privados deu um suspiro, enxugou o suor da testa e prosseguiu:

– Além desse grande problema, temos um outro bem maior: o poderosíssimo império da ilha de Blefuscu, país quase tão magnífico quanto Lilipute e o único que existe além deste, nos ameaça com uma invasão, como já lhe informei. Afirmo ser Blefuscu o único império que existe além de Lilipute, porque nossos filósofos estão em sérias dúvidas sobre a existência de outros países. Inclinam-se mais a acreditar que sua pessoa (nesse ponto o secretário fez uma reverência, em minha direção) tenha caído de outro planeta. A verdade é que cem homens de seu tamanho destruiriam em pouco tempo todos os frutos, lavouras e gado de nosso império, não sendo bom nem pensar em semelhante possibilidade. Além do mais, em toda nossa história de seis mil luas, nenhum estudioso faz referência a outros países que não sejam Lilipute e Blefuscu. Isso por enquanto nos basta, pois já temos demasiado com que nos preocuparmos.

Reldresal abanou-se com o lenço, acalorado pelo assunto:

– A luta entre Lilipute e Blefuscu não é de hoje. Há mais de trinta e seis luas os dois impérios estão empenhados numa guerra encarniçadíssima, cujo motivo é o seguinte: antigamente todos os povos conhecidos concordavam que a maneira mais certa de se abrir um ovo para comer era quebrá-lo pela ponta mais grossa.

– Entretanto, um dia – continuou – sendo o avô de Sua Majestade ainda menino, cortou o dedo ao quebrar o ovo pela ponta mais grossa. Por causa disso o imperador seu pai assinou um decreto ordenando a todos os súditos que, a partir daquele dia, quebrassem os ovos pela ponta mais fina. Quem não o fizesse, estaria sujeito a graves penalidades. O povo ficou de tal modo confuso com essa lei que estouraram seis rebeliões por conta dela. Numa das revoltas um imperador perdeu a vida e outro, a coroa.

– É claro – acrescentou – que os monarcas de Blefuscu sempre atiçaram os revoltosos, pois veem em Lilipute o único rival de sua ilha. Aliás, existem centenas desses revoltosos refugiados em Blefuscu, o que piora o clima geral entre os dois países. Onze mil pessoas já preferiram morrer a sujeitar-se a quebrar os ovos pela ponta mais fina! A quantidade de livros publicados sobre a questão é imensa, embora sejam proibidos em Lilipute aqueles que defendem o corte dos ovos pela ponta mais grossa. Os ponta-grossenses não conseguem nem arranjar emprego, pois disto são proibidos por lei.

– Os imperadores de Blefuscu já se queixaram várias vezes ao governo de Lilipute por intermédio de embaixadores, afirmando que nós estamos contrariando o quarto capítulo do Blundecral (que é o nosso Alcorão). Ora, isso não é verdade. As palavras do livro são estas: 'Todos os verdadeiros crentes quebrarão os ovos pela ponta conveniente.' Logo, decidir qual seja a ponta conveniente é problema de cada um, na minha opinião.

– O resultado de tudo isso – concluiu o secretário, desanimado – é que já perdemos na luta quarenta navios grandes e dezenas de outros menores, além de trinta mil marinheiros e soldados. E calcula-se que os danos sofridos por Blefuscu sejam ainda maiores do que os nossos, o que não impede aquele governo de estar preparando uma frota numerosa para nos invadir. Por isso, o imperador pediu-me que solicitasse sua ajuda nesta hora difícil.

Respondi ao secretário que apresentasse minhas homenagens ao imperador e lhe dissesse o seguinte: que não seria apropriado a um estrangeiro intrometer-se nas brigas entre os partidos de Lilipute. Mas quanto a defender o império de uma invasão inimiga, Sua Majestade poderia contar com o auxílio de Lemuel Gulliver para o que desse e viesse, mesmo com o risco de minha própria vida.

Reldresal partiu em direção ao palácio imperial esfregando as mãos de contentamento.

Capítulo 5

O AUTOR IMPEDE A INVASÃO COM UM
EXTRAORDINÁRIO ESTRATAGEMA. O IMPERADOR
CONCEDE-LHE UM TÍTULO HONORÍFICO.
EMBAIXADORES DE BLEFUSCU VÊM
SOLICITAR A PAZ. INCENDEIAM-SE
OS APOSENTOS DA IMPERATRIZ, CONCORRENDO
LEMUEL GULLIVER PARA EXTINGUIR O FOGO.

O império de Blefuscu é uma ilha separada de Lilipute por um canal de oitocentas jardas de largura.

Para evitar que o inimigo soubesse de minha existência, procurei não aparecer daquele lado da costa. A surpresa seria um fator importante no plano que já esboçara. Como me haviam dito os espiões, a grande frota de Blefuscu já estava totalmente preparada no porto para iniciar a invasão. Esperava-se apenas o sinal do imperador para iniciar o ataque a Lilipute.

Diante disso, minha ação teria que ser rápida e fulminante: consultei os marinheiros a respeito da profundidade do canal, que, segundo eles, media setenta *glumgluffs* (equivalente a seis pés na medida europeia). Encaminhei-me então para a costa diante de Blefuscu, escondi-me atrás de uma colina e puxei minha luneta de bolso. Lá estava a esquadra, formada por cinquenta navios de guerra e muitos de transporte.

Voltei rapidamente para casa e dei ordens para que me trouxessem uma grande quantidade de cabos de ferro, fazendo com eles uma forte trança, mas deixando longas pontas soltas. Amarrei-a na cintura, tirei o casaco, sapatos e meias.

Atirando-me à água, nadei durante meia hora aproximadamente até alcançar a frota. Quando os inimigos puseram os olhos sobre mim, tomaram um susto tão grande que se jogaram ao mar e nadaram para a praia. Ali se aglomeraram nada menos que umas trinta mil pessoas apavoradas com o gigante. Desamarrei então os cabos de ferro e atei uma ponta à proa de cada navio e comecei a puxá-los para o mar alto.

No momento em que fazia tal coisa, os inimigos começaram a reação. Uma saraivada de flechas atingiu-me no rosto, nas mãos e nos braços, fazendo-me largar por um momento os cabos que puxavam os navios. Que dor! Temia sobretudo pelos olhos e os entrecerrei fortemente para protegê-los, mas isso de nada adiantaria ante os milhares de setas que caíam sobre mim como um chuveiro. Felizmente tive uma ideia: tirei os óculos do bolso e amarrei-os bem firmes em torno da cabeça, o que melhorou bastante minha situação. As flechas batiam como abelhas zangadas contra as lentes, fazendo com que balançassem, mas isto era tudo o que conseguiam.

Segurei novamente os cabos presos aos navios e lentamente comecei a puxá-los em direção a Lilipute. Eram cinquenta, sessenta naves fortemente armadas que eu arrastava comigo em triunfo!

Os inimigos ficaram a princípio perplexos com o que viam.

Depois, puseram-se a dar gritos espantosos de dor e desespero, ao verem sua poderosa esquadra desaparecer pouco a pouco no horizonte. Quando me vi fora de perigo, tratei de arrancar as flechas que me incomodavam, e esfregar um pouco da mesma pomada que haviam passado em meus ferimentos anteriormente. Tirando os óculos, atravessei o canal da maneira mais veloz que pude e cheguei são e salvo a Lilipute.

O imperador e toda a sua corte esperavam nervosamente na praia qualquer sinal de Lemuel Gulliver e também – é claro – da frota de Blefuscu. Ficaram num grande pânico quando perceberam os navios inimigos sem conseguirem divisar-me, pois eu me encontrava apenas com a cabeça de fora. O rei, muito pálido como é de seu costume quando algo não vai bem, pôs-se a dar ordens a seus generais, enquanto o resto da corte, apavorada, preparou-se para debandar.

Estavam certos de que eu me afogara e a esquadra de Blefuscu vinha de roldão para atacá-los.

Nesse exato momento alguém me viu e deu o alarma: a alegria se apossou de todos eles e puseram-se a cantar e a dançar comemorando a vitória. O imperador foi o único que não os imitou por ser um homem controlado, embora as cores voltassem pouco a pouco a seu rosto.

Quando cheguei a uma distância em que podiam ouvir-me, gritei:

"Viva o poderoso imperador de Lilipute!", levantando os cabos que seguravam os navios. O imperador ficou encantado. Fez-me todos os elogios do mundo e ali mesmo concedeu-me o título honorífico de *nardac, o* mais alto entre eles.

A ambição dos governantes, contudo, não tem limites. Sua Majestade queria que eu retornasse a Blefuscu para apoderar-me do resto das embarcações. Não contente com isso, já pensava em apoderar-se da ilha e governá-la por meio de um vice-rei. Desejava também submeter os exilados ponta-grossenses a quebrar os ovos pela ponta mais fina – o que me pareceu o máximo da crueldade – e tornar-se o único monarca do universo. Não concordei com tais ideias, alegando francamente que nunca serviria de instrumento para que ele escravizasse um povo corajoso e livre. Para minha sorte, a maioria do ministério concordou comigo, mas o imperador jamais perdoou a minha atitude.

Pouco tempo depois, chegaram a Lilipute seis embaixadores de Blefuscu e uma comitiva de quinhentas pessoas trazendo vantajosas ofertas de paz. Concluído o tratado entre os dois países e sabedores de que eu atenuara com justiça algumas condições, os embaixadores fizeram-me uma visita de agradecimentos. Em nome de seu imperador convidaram-me para conhecer Blefuscu e pediram-me também que lhes desse alguma demonstração da força prodigiosa de que tinham ouvido falar, no que concordei de bom grado. Ficaram surpresos e bastante satisfeitos comigo, mais ainda quando lhes pedi que apresentassem meus respeitos ao imperador, cuja fama e virtude enchiam de admiração o resto do mundo. Acrescentei também que o visitaria o mais breve possível.

Entretanto, quando solicitei ao imperador de Lilipute licença para visitar Blefuscu, essa me foi concedida da maneira mais fria possível. Só entendi a caturra de Sua Majestade quando certa pessoa veio contar-me em segredo que Flimnap e Bolgolam haviam exposto minha conversa com os embaixadores estrangeiros como um ato de desapreço a Lilipute. Pela primeira vez começava eu a notar como são desconfiados e complicados as cortes e ministros, mas isso nada era em comparação com o que constataria depois.

Os embaixadores falaram comigo por intermédio de um intérprete, pois os idiomas de Blefuscu e Lilipute eram tão diferentes como o de dois países da Europa. Cada nação se pavoneava também da antiguidade, beleza e vigor da própria língua, desprezando profundamente a do vizinho. Apesar disso, contudo, os exilados e o comércio se encarregavam de ensinar aos dois povos o idioma um do outro, não havendo ninguém em Blefuscu que não soubesse falar um pouco a língua de Lilipute e vice-versa.

Uma noite, estando eu já adormecido, fui despertado por uma gritaria assustadora à minha porta. Esgueirei-me com o coração aos pulos para fora de casa e ouvi repetidas vezes a palavra *burglum*, que significava incêndio. Pediam-me que me dirigisse com urgência ao palácio imperial, onde as labaredas consumiam os aposentos da imperatriz. Não esperei segundo aviso. Sendo a noite de luar, consegui chegar ao palácio sem pisar ninguém: diante dele, uma fila de homens com pequenos baldes de água tentava dominar o fogo. Este, porém, mostrava-se tão violento que logo constatei a inutilidade da tentativa. Para cúmulo do azar eu esquecera, na pressa, de vestir o casaco, com o qual poderia abafar as chamas.

Tinha que decidir com rapidez, ou o fogo engoliria todo o palácio. Assim o fiz. Felizmente na noite anterior eu bebera grande quantidade de um vinho delicioso denominado *glimigrim*, muito diurético, e ainda não eliminara seus resíduos. Verti, portanto, grande quantidade de urina e nos pontos tão certos que o incêndio se apagou como por encanto. Fiquei contentíssimo em ter salvo o palácio imperial e retirei-me para descansar em minha casa.

Qual não foi minha surpresa ao receber no dia seguinte, em vez dos agradecimentos e elogios do imperador, uma carta oficial informando-me que urinar em qualquer recinto do palácio era crime punível com a morte. Pouco depois, para meu alívio, chegou-me às mãos uma carta de Sua Majestade declarando que ordenaria ao grande juiz minha absolvição. Tornei a respirar, mas não por muito tempo: contaram-me em segredo que a imperatriz mandara interditar todos os aposentos molhados por mim, mostrando-se horrorizada com o meu gesto. Afirmaram-me também que ela não tornaria a utilizar aquela área e mais: jurava vingar-se de minha afronta ainda que este fosse o último ato de sua vida.

Capítulo 6

LEIS E COSTUMES DOS HABITANTES DE LILIPUTE.
A MANEIRA DE VIVER DO AUTOR NESSE PAÍS.
SUA DEFESA DE UMA GRANDE DAMA INJUSTIÇADA.

Uma das coisas que mais me impressionavam em Lilipute era a exata proporção entre os habitantes do lugar e as árvores, plantas e animais: os cavalos e bois medem de quatro a cinco polegadas de altura, os carneiros, uma polegada e meia. Os gansos têm aproximadamente o tamanho de um pardal.

É claro que existem pequenos insetos que nunca enxerguei, por mais que forçasse a visão: as moscas, por exemplo. Do tamanho normal de uma mosca eram as calhandras depenadas pelos cozinheiros na minha frente. Vi também certa vez uma rapariga enfiando uma linha invisível numa agulha invisível, o que achei muito interessante e me fez pensar. As árvores mais altas – situadas no parque imperial – medem sete polegadas de altura, proporção acompanhada pelo resto da vegetação.

Bastante singular também é o modo de escrever desse povo: não o fazem nem da esquerda para a direita, como os europeus, nem da direita para a esquerda, como os árabes, nem de cima para baixo, como os chineses, nem de baixo para cima, como os caucasianos. Escrevem obliquamente de um canto a outro do papel, como algumas senhoras.

Enterram os seus mortos de cabeça para baixo, pois acreditam que, após onze mil luas, a terra (para eles, plana) virará de cima para baixo e os mortos, ao ressuscitarem, já se encontrarão de pé. Os eruditos confessam na intimidade que a doutrina é absurda, mas o vulgo a sustenta e a prática se mantém.

As leis de Lilipute são também totalmente diferentes das leis inglesas. Qualquer crime contra o Estado é punido com a máxima severidade, mas se o acusado demonstra sua inocência, o acusador é condenado imediatamente a uma morte ignominiosa. O acusado é ainda indenizado largamente pela perda de tempo, pelo perigo por que passou e pelas privações que sofreu – tudo isso com o dinheiro do acusador. Se esta soma não chega, a coroa também contribui. Além disso, o imperador o prestigia publicamente e a inocência do acusado é proclamada em toda a cidade.

Consideram a fraude um crime maior do que o roubo, castigando-a com a pena de morte. Acham que a vigilância e o entendimento comum podem livrar o homem de ser roubado, mas raciocinam que a honestidade não tem defesa contra uma astúcia maior. E nisso não será Lemuel Gulliver a lhes tirar razão. Houve tempo, entretanto, que não entendia bem semelhante raciocínio e até intercedi por um criminoso que fugira com uma quantia de dinheiro que recebera para ser entregue a seu amo. Quando tentei defender o pilantra junto ao imperador alegando ser apenas um abuso de confiança, o imperador encarou-me perplexo: julgou monstruoso que eu apresentasse como defesa o que mais agravava o crime.

Castigar o criminoso é hábito de todos os governos. Entretanto, só em Lilipute vi premiarem os inocentes, o que me parece coisa bastante acertada. A pessoa que provar ter acatado as leis do país durante setenta e três luas tem direito a certos privilégios e a uma soma em dinheiro. Recebe também o título de *snilpall*, muito honroso entre eles. Por tudo isso a imagem da Justiça em Lilipute é representada com seis olhos: dois na frente, dois atrás e um de cada lado; uma bolsa de ouro aberta na mão direita e uma espada embainhada na esquerda, para mostrar que está mais disposta a premiar do que a punir.

Na escolha das pessoas para os cargos, sondam mais o caráter do que as aptidões, pois acham que os justos, os verdadeiros e os bem-intencionados podem servir melhor ao país do que homens qualificados e corruptos. Evidentemente esses são os costumes liliputianos originais: a prática infame de obter cargos dançando na corda bamba ou pulando por cima de bengalas foi introduzida pelo avô do imperador reinante, atingindo o apogeu com o atual imperador devido ao aumento de partidos políticos.

A ingratidão para eles é um crime terrível, pois quem paga um benfeitor com o mal é evidentemente inimigo de todo o gênero humano, do qual não recebeu nenhuma benfeitoria. Também sobre pais e filhos os liliputianos têm ideias precisas: acham que não é por gerarem os filhos que os pais são melhores educadores. Assim, as crianças de ambos os sexos vão para colégios públicos que os educam. Os colégios para os filhos dos nobres dispõem de excelentes professores e auxiliares. As roupas e comida dos meninos são simples, sendo a eles ensinados os princípios de honra, justiça, coragem, clemência, religião e amor a seu país. Estão sempre ocupados com alguma tarefa, exceto nas horas de comer e dormir e nas duas horas destinadas a diversões, que consistem em exercícios corporais. A partir de quatro anos vestem-se sozinhos, seja qual for a sua categoria. Só podem ser vistos pelos pais duas vezes por ano, durante a visita apenas uma hora e com a seguinte condição: os filhos só podem ser beijados à chegada e saída dos pais. Um professor, sempre presente nessas ocasiões, vigia para que não falem em voz baixa, sendo também proibido aos pais trazerem presentes, doces e empregarem palavras meigas ao conversarem com os filhos.

Os colégios para os filhos de comerciantes, mercadores e mecânicos são mais ou menos organizados de maneira semelhante. A única diferença é que tais crianças começam a aprendizagem de um ofício aos onze anos, e os filhos dos nobres continuam em seus exercícios até os quinze anos.

A educação das meninas parece-se bastante com a dos meninos. Em Lilipute as moças se envergonham, tanto como os homens, de serem covardes e tolas, desprezando qualquer ornamento pessoal. São asseadas e decentes. As únicas diferenças que notei foram os exercícios menos violentos para as meninas e seu plano de estudos que inclui principalmente a economia doméstica, sendo também mais curto do que o dos meninos. Os liliputianos acham que uma esposa deve ser sempre uma companheira agradável, já que não pode ser eternamente jovem, no que lhes dou toda a razão do mundo.

As famílias são obrigadas a pagar uma pensão ao colégio que educa seus filhos. Segundo os habitantes de Lilipute, nada é mais injusto do que trazer filhos ao mundo e deixar ao governo o encargo de sustentá-los, o que também parece bastante justo.

Minha vida naquele país era relativamente calma, com exceção de uma ou outra intriga da corte. A cada dia, um novo conforto juntava-se aos demais: duzentas costureiras foram empregadas para me fazerem roupa branca e de cama e mesa. Trezentos alfaiates se esfalfaram na feitura de novos casacos e calças para mim, medindo-me da seguinte forma: ajoelhei-me e um deles subiu por uma escada até o meu pescoço; dali deixou cair um fio de prumo do meu colarinho ao pavimento, tendo assim as medidas exatas do casaco. Em pé segurei depois o alfaiate junto ao pescoço: o fio de prumo bateu no chão e lá estavam as medidas das calças. A cintura e os braços eu mesmo medi.

Trezentos e cinquenta cozinheiros preparavam minha comida, que era na verdade deliciosa. Moravam em pequenas e cômodas barracas construídas perto de minha casa, cada qual me cozinhando dois pratos. Vinte criados sobre a mesa em que me sentava faziam subir as iguarias por meio de cordas e roldanas, como o balde de um poço. Embaixo, outros cem criados davam o último retoque nos pratos e os ajustavam na espécie de bandeja amarrada à ponta da corda.

Que boa carne havia em Lilipute! Ainda me lembro dos gostosos e bem temperados assados, dos gansos e perus tão macios que se derretiam em minha boca. Espetava vinte ou trinta aves na ponta da faca saboreando o molho delicado que escorria delas! Depois de tantos anos como marinheiro, roendo biscoitos velhos e água nada fresca, o leitor bem pode imaginar a alegria de meu estômago. Certo dia deram-me um lombo tão grande que fui obrigado a comê-lo em três bocados. Mas tal coisa raramente acontecia. Os criados ficavam perplexos por me verem mastigar também os ossos, como se faz em Londres com a perna de uma calhandra. E era sempre de olhos arregalados que me serviam.

Certo dia, o imperador e a imperatriz resolveram almoçar comigo. Foram colocados tronos sobre a mesa, bem em frente a mim e ladeados por sua guarda de honra. Flimnap, o tesoureiro, também veio com o seu bastão branco, e não gostei nem um pouco de sua cara amarrada. Tentei não dar importância a tal fato durante o almoço e comi como um leão, repetindo várias vezes alguns pratos. Entretanto, cada vez que meus olhos esbarravam na má catadura de Flimnap, pensava com meus botões o que estaria tramando aquele velhaco.

Esse ministro sempre me detestara, embora na minha frente se desdobrasse de gentilezas que em nada combinavam com sua rabugice habitual. O mau humor exibido à mesa fazia-me estremecer: a que se deveria aquela mudança de atitude?

Não precisei esperar muito para saber. Um de meus amigos na corte veio dizer-me que me acautelasse com Flimnap, pois este metia na cabeça do imperador todo tipo de ideias contra mim. Afirmara a Sua Majestade a penúria em que se encontrava o tesouro, apontando-me como o culpado da situação. Dissera também que o governo vivia contraindo dívidas para pagar o meu sustento; que eu já custara a Lilipute mais de um milhão e meio de *sprugs* (a maior moeda de ouro deles) e que, em suma, quanto mais rapidamente o imperador se visse livre de mim, melhor seria para o império.

Fiquei aterrado. A verdade é que Flimnap me detestava por um motivo totalmente absurdo – ciúmes da mulher –, do qual nem ela nem eu tínhamos a mínima parcela de culpa. Certas línguas peçonhentas haviam cochichado em seu ouvido que a Sra. Flimnap encontrava-se perdidamente apaixonada por mim. Ora, isso era uma calúnia da pior espécie, sendo a mulher do tesoureiro uma dama muito digna e de honestidade a toda prova.

Não serei eu a negar que a dita senhora visitava-me com frequência, mas sempre como amiga e acompanhada de três pessoas – geralmente suas duas irmãs e uma filha. O mesmo, aliás, faziam várias damas da corte, e se cada marido fosse tão ciumento como Flimnap, minha vida se teria tornado um inferno. E se alguém não acreditar no que afianço sobre a inocente mulher do tesoureiro é só perguntar a meus criados em Lilipute, que confirmarão as visitas feitas a mim pela Sra. Flimnap, irmãs e filha.

As línguas peçonhentas – vim a saber mais tarde – eram Clustril e Drunlo, dois tratantes que desejavam ver a minha caveira. Digo agora os seus nomes bem alto e eles que se danem depois.

Evidentemente não me teria detido em assunto tão delicado se não estivesse em jogo a reputação de uma grande dama, e também a minha. É bem verdade que eu era um *nardac*, enquanto o tesoureiro não passava de um mero *glumglum* (título inferior ao meu, como o de marquês para duque), mas o cargo que ocupava fazia com que a sua importância superasse a minha muitas vezes.

Durante muito tempo, Flimnap exibiu uma tremenda carranca para sua pobre mulher; a mim, então, nem se fala, e, a partir dessas fantasias que lhe puseram na cabeça, tornou-se o meu pior inimigo em Lilipute.

Capítulo 7

SABENDO QUE SERÁ CONDENADO POR ALTA TRAIÇÃO, O AUTOR FOGE PARA BLEFUSCU. CHEGADA À ILHA.

Estava escrito que, a partir do último episódio narrado, Lemuel Gulliver jamais teria paz novamente em Lilipute. Durante dois meses, e sem que eu soubesse, meus inimigos na corte teceram uma formidável intriga contra mim.

Certa noite, estava eu tranquilamente preparando-me para dormir quando recebi a visita secreta de uma pessoa importantíssima do governo. Esta pessoa, a quem eu tinha feito um grande favor, viera numa cadeirinha fechada com reposteiros negros para que ninguém visse o seu ocupante. Fiquei naturalmente preocupado com tanto sigilo e pensei comigo mesmo que más notícias estavam a caminho. Dito e feito.

Sentou-se ele diante de mim e começou em voz baixa:

– O senhor corre um grande perigo. Sabe que sua presença tem causado rebuliço entre os velhacos da corte que o odeiam. Alegam eles gastos e riscos incomensuráveis para Lilipute mantê-lo aqui, tendo sido o Conselho convocado várias vezes durante as últimas semanas. Pois bem: há dois dias Sua Majestade tomou finalmente uma decisão, instigado por Skyresh Bolgolam, o grande almirante, e pelo tesoureiro Flimnap. Este não lhe perdoa devido aos ciúmes que tem da mulher; Bolgolam, pelo grande triunfo contra a armada de Blefuscu, que lhe empanou a glória de almirante.

Sua Excelência ajeitou-se na cadeira, olhou para um lado, depois para o outro, e continuou:

– Sabe o quanto sou grato pelos favores que me prestou. Assim, arrisquei minha cabeça para informar-me de tudo e vir até aqui, trazendo-lhe mesmo uma cópia da acusação preparada por Balmuff, o grande juiz. Cá está ela.

E estendeu-me um rolo de papel onde se lia o seguinte:

Artigos de acusação contra Quimbus Flestrin, o Homem-montanha.

Artigo I

Sendo proibido por lei do código de Lilipute a qualquer pessoa urinar no palácio imperial de Sua Majestade Calin Deffar Plune, sob penas e castigos de alta traição; transgredindo Quimbus Flestrin (isto significava Homem-montanha) *a mencionada lei, sob pretexto de apagar um incêndio ocorrido nos aposentos de Sua Majestade a imperatriz, vertendo maliciosa, traiçoeira e diabolicamente sobre tais aposentos sua urina, torna-se portanto um traidor do país.*

Artigo II

Sendo ordenado a Quimbus Flestrin trazer a Lilipute os restantes navios de Blefuscu, e sendo-lhe também ordenado que dominasse totalmente a ilha para que Sua Majestade a transformasse em vice-reino, o dito Flestrin se recusou. Também não cumpriu as ordens que lhe foram dadas pelo imperador de matar todos os exilados ponta-grossenses, a não ser que estes renunciassem à sua heresia, agindo mais uma vez o mencionado Flestrin como traidor.

Artigo III

Sendo Quimbus Flestrin visitado por certos embaixadores da corte de Blefuscu, a eles Flestrin ajudou, confortou e divertiu,

embora sabendo que eram emissários de um império inimigo,
numa atitude extremamente desleal para com Sua Majestade o
imperador de Lilipute.

Artigo IV

Sendo convidado para uma visita à corte de Blefuscu,
Quimbus Flestrin confessou desejo de viajar até aquele império.
Pediu então licença para fazê-lo ao imperador de Lilipute e assim
— tendo recebido uma licença apenas verbal — pretende partir em
direção ao império inimigo de Blefuscu.

– Há outros artigos – disse Sua Excelência quando acabei
de ler –, mas estes são os mais importantes. Na última reunião
do Conselho a briga foi feia: Sua Majestade – sempre benevo-
lente – invocou todos os favores que o senhor prestou à corte,
enquanto o tesoureiro e o almirante insistiam em sua condenação à morte. Não a uma morte simples, devo acrescentar, mas
cruel e ignominiosa como os seus crimes.

– Sugeriram eles – continuou a importante figura, desani-
mada – que ateassem fogo à sua casa durante a noite, ficando
vinte mil arqueiros do lado de fora para trespassá-lo com flechas envenenadas quando o senhor pusesse o nariz para fora do
templo. Flimnap teve uma ideia melhor, segundo ele: um suco
peçonhento seria derramado em suas roupas e cobertas pelos
criados, o que o faria morrer em meio às maiores torturas.

Eu ouvia o meu próprio coração bater ante aquela narrativa. Desnecessário dizer que eu me sentia apavorado e perplexo
com a sorte que me esperava.

– Mas sossegue – acrescentou Sua Excelência com um sorriso ao ver-me tão nervoso. – As coisas melhoraram depois para
o senhor: Sua Majestade decidiu poupá-lo, apesar da gritaria de
parte da corte, e acatou a solução proposta por Reldresal. O
senhor não ignora a grande amizade que lhe dedica o secretá-

rio dos Negócios Privados. Pois bem: ele se mostrou à altura de tal sentimento. Admitiu, é claro, os crimes cometidos pelo senhor, mas salientando que por isso mesmo a clemência para com eles tornaria o imperador mais admirado pelos súditos.

– Com isso devo dizer – afirmou ele – que Reldresal tocou no ponto fraco do imperador, pois todos sabem que a clemência é a virtude principal de Sua Majestade.

– O secretário não ficou só nisso – continuou alegre Sua Excelência –, reconheceu que era grande a amizade entre ele e o senhor, podendo a corte julgá-lo parcial na defesa que fazia: assim, arriscava-se a ser mal interpretado pelo Conselho, mas proporia de qualquer modo uma punição muito mais justa, caridosa e clemente para Quimbus Flestrin, seu amigo desde que pisara Lilipute.

– Não haveria pena de morte, propôs Reldresal. Em vez disso, e para satisfazer a justiça, o senhor teria os olhos arrancados, o que não diminuiria em nada sua força, de grande utilidade para Sua Majestade, mas o que faria todos em Lilipute se admirarem ante a bondade do imperador. Quando Reldresal terminou de falar, o Conselho agitou-se numa desaprovação completa. Bolgolam ergueu-se furioso, acusando o secretário de interceder por um traidor. Além disso, continuou o almirante, ninguém impediria que o senhor molhasse novamente os aposentos da rainha e até toda a Lilipute, se lhe desse na telha. E mais, acrescentou, vermelho como um pimentão: do mesmo modo que a frota de Blefuscu fora trazida a nosso país, poderia ser levada de volta. Terminou dizendo que o senhor, no íntimo, era um ponta-grossense e teria que ser morto o quanto antes.

Sua Excelência tirou uma garrafinha de prata do bolso e tomou um gole:

– O tesoureiro, muito agitado, foi da mesma opinião, alegando que, para sustentar o senhor, Lilipute se arruinaria. Disse também que nada adiantaria furar seus olhos, pois está provado que certas aves, quando cegas, comem o triplo do que faziam antes da cegueira. O que, segundo ele, tornaria a situação do país muito pior ainda, se tal coisa fosse possível.

– Sua Majestade, entretanto, decididamente contrário à pena de morte, manteve-se firme. Mas acrescentou que levaria em conta a opinião do Conselho, e se este julgava a perda dos olhos um castigo demasiado brando, outro castigo poderia ser ministrado ao senhor mais tarde. O secretário Reldresal tornou a pedir a palavra, sugerindo o seguinte: se o sustento de Quimbus Flestrin era tão pesado para Lilipute, o tesoureiro poderia ir diminuindo pouco a pouco a verba destinada a alimentá-lo. Desse modo o senhor ficaria cada vez mais fraco e esgotado, morrendo em poucos meses, método que teria as seguintes vantagens: 1.°) seu cadáver, reduzido à metade do peso atual, não teria um mau cheiro tão grande; 2.°) o perigo de peste em Lilipute também ficaria reduzido; 3.°) logo depois de sua morte, uns seis mil súditos tratariam de arrancar-lhe as carnes dos ossos, transportando-as em carros para regiões distantes, onde seriam enterradas. O esqueleto ficaria na capital para estudo e assombro das gerações futuras. O Conselho concordou e as discussões foram encerradas, combinando-se que o segundo castigo permaneceria em segredo.

– Dentro de três dias – concluiu num suspiro – Reldresal virá aqui para comunicar-lhe a bondade do imperador ao transformar sua condenação à morte numa simples condenação à cegueira. O imperador espera que o senhor se submeta agradecido à aplicação da pena, quando vinte cirurgiões descarregarão nas suas pupilas farpas agudíssimas que o tornarão irremediavelmente cego. Pensando bem, meu caro, se o castigo fosse unicamente esse, eu o aconselharia a submeter-se: há coisas piores na vida. Entretanto, como a corte pretende dar cabo do senhor, tome a decisão que achar melhor. Aí está. Tenho que voltar correndo para não despertar a mínima suspeita. Adeus.

Dizendo isso, entrou novamente na cadeirinha e ordenou aos lacaios que o levassem de volta, deixando-me completamente perplexo. Pus-me então a pensar na minha triste sina e nos estranhos costumes de Lilipute. Quando a corte e o monarca decretavam uma execução especialmente, era hábito do imperador pronunciar um discurso falando de sua própria clemência e brandura. O discurso era imediatamente publicado em todo o império, ficando o povo, quando lia, aterrorizado a mais não poder. Quanto mais insistia o imperador em sua bondade, mais desumano era o castigo e mais inocente o castigado.

Assim funcionava a corte de Lilipute. Eu, como nunca fora cortesão e sim médico e marinheiro, não entendia tais costumes e achei a sentença rigorosíssima. A princípio pensei em me defender nos tribunais. Depois pensei em minha própria experiência com os juízes da Inglaterra e resolvi não tentar tão perigosa aventura.

Se conhecesse um pouco mais a natureza dos aristocratas e reis, eu mesmo teria achado brando o castigo com que desejavam punir-me. Mas como tal coisa não ocorria, e sendo eu muito impetuoso, resolvi fugir para Blefuscu no dia seguinte. Enviei antes uma carta para o secretário Reldresal, comunicando-lhe que faria a viagem com a permissão do imperador de Lilipute: assim não pensariam que fugi.

Coloquei minhas roupas num dos navios ancorados no porto, amarrei-o por um cabo em torno de meu peito e nadei em direção a Blefuscu. Algum tempo depois chegava à ilha.

Vesti-me numa praia deserta e, caminhando em direção aos habitantes, pedi-lhes que avisassem ao imperador sobre minha chegada. A população de Blefuscu já fora avisada de minha chegada: mostrou-se muito gentil e sem um pingo de susto, o que me agradou bastante. Lemuel Gulliver sempre detestou assustar quem quer que seja.

Pouco depois, o imperador de Blefuscu e toda a corte saíam para receber-me às portas da capital. Deitei-me no chão para beijar as mãos de Sua Majestade e da imperatriz, depois de algumas reverências. Acostumado ao modo de falar de Lilipute, disse ao imperador que viera até Blefuscu com a permissão do imperador de Lilipute, para ter a honra de ver tão poderoso monarca e oferecer-lhe meus préstimos. Nada lhe contei sobre minha condenação. Sua Majestade recebeu-me bondosamente e começaram em Blefuscu todas as desditas por que passei em Lilipute: dormi aquela noite e muitas outras depois ao relento e em chão duro, por não haver teto ou cama bastante grandes que me abrigassem na ilha.

Capítulo 8

O AUTOR, POR UM FELIZ ACASO, ENCONTRA MEIOS DE DEIXAR BLEFUSCU E, APÓS CERTAS DIFICULDADES, VOLTA A SEU PAÍS.

Três dias após minha chegada, andava eu tranquilamente por uma das praias de Blefuscu quando avistei, não muito distante, um bote virado boiando sobre as ondas.

Fiquei, como se pode imaginar, numa alegria incrível. O bote fora provavelmente arrancado de um navio por qualquer tempestade e agora vagava na costa de Blefuscu. Depois de um minuto de hesitação, resolvi pedir ajuda à marinha do império, uma vez que sozinho não conseguiria puxá-lo até a praia. Consegui de Sua Majestade que vinte navios e três mil marinheiros me ajudassem.

Depois, atirei-me à água e nadei até o escaler, amarrando nele alguns cabos que trazia comigo. Os marinheiros ajudaram-me a colocá-lo de novo na posição normal, o que nos deu um trabalho bem grande. Os cabos foram presos aos navios e o bote pôde ser rebocado lentamente para a praia, não sem que eu o fosse também empurrando pela retaguarda.

Mais tarde, pedi a Sua Majestade que me concedesse licença para tomar a embarcação e partir em direção a algum lugar de onde pudesse alcançar meu país natal. O que ele bondosamente me concedeu.

Os dias foram passando, enquanto eu me ocupava em consertar pequenos estragos feitos pelas ondas na madeira do bote. Eu estava intrigadíssimo com o silêncio do governo de Lilipute ante a minha ausência. Uma tarde, chegou finalmente a Blefuscu um enviado de Lilipute com determinada mensagem para o imperador. Fui chamado imediatamente à corte de Blefuscu e lá tomei conhecimento do conteúdo da mensagem.

A princípio, dizia a carta, Sua Majestade tomara minha ausência como uma estada prolongada. No entanto, com o passar do tempo, constatara que eu não tinha a menor intenção de voltar. O imperador de Lilipute contava então meus crimes a seu colega de Blefuscu, observando que por bondade eu fora condenado apenas à cegueira. Dizia também que o título de *nardac* não mais me pertencia, sendo eu considerado traidor de Lilipute. Terminava solicitando ao imperador de Blefuscu minha devolução a Lilipute com os pés e mãos amarrados, para cumprir o castigo que me esperava.

Felizmente para mim, o imperador de Blefuscu era homem inteligente e de grande coração. Respondeu diplomaticamente a seu colega de Lilipute que, como ele sabia, seria impossível devolver-me amarrado àquele país. Eu fugira com a frota de Blefuscu, sim, mas em compensação ajudara muito a este Estado na assinatura de paz entre os dois impérios.

Além disso, continuava o imperador em sua resposta, tanto Blefuscu como Lilipute em breve se tranquilizariam: o Homem-montanha encontrara no mar uma embarcação na qual pretendia partir, deixando ambos os imperadores livres de carga tão insuportável.

Isso disse ele para o imperador de Lilipute; secretamente, ofereceu-me sua proteção caso quisesse permanecer em Blefuscu. Mas eu, embora o achando sincero, já não confiava na matreirice de imperadores e ministros: recusei a oferta dizendo que não desejava ser um foco de discórdia entre dois monarcas tão poderosos.

Quinhentos trabalhadores foram empregados para me fazerem duas velas para o bote, dobrando duas vezes o tecido mais forte que encontraram. Uma pedra grande serviu-me de âncora; para engraxar o bote utilizei o sebo de trezentas vacas. Das árvores maiores consegui fazer remos e mastros, no que fui muito ajudado pelos extraordinários carpinteiros do império.

Chegou finalmente o dia da partida. Sua Majestade fez questão de levar-me ao porto, dando-me um retrato seu em tamanho natural e cinquenta bolsas com duzentos *sprugs* cada uma. Deitei-me com o rosto no chão para beijar a mão imperial, despedi-me do resto da corte e fiz-me ao mar. Estávamos às seis horas da manhã do dia 24 de setembro de 1701.

Soprava o vento de sudeste e, como a embarcação fosse satisfatoriamente impelida para diante, passei em revista o que havia trazido para alimentar-me. Eu abastecera o bote com cem bois e trezentos carneiros já abatidos, além de toda a carne preparada que puderam fazer-me os quatrocentos cozinheiros imperiais. Levava também grande quantidade de pão, vinho e um enorme jarro de água.

Como Lemuel Gulliver ama os animais e muito se impressionara com os de Blefuscu e Lilipute por seu diminuto tamanho, eu fizera subir ao bote seis vacas e dois touros vivos, e também algumas ovelhas e carneiros. Pretendia levá-los para minha terra e propagar a espécie, tendo o cuidado de carregar a bordo um bom feixe de feno e um saco de milho. Teria levado prazerosamente alguns habitantes de Blefuscu, mas o imperador foi rigoroso: proibiu-me de semelhante coisa, ordenando mesmo uma busca em meus bolsos para ver se neles não estava escondido nenhum de seus súditos.

Depois de haver navegado umas quatro léguas para o norte, às seis da tarde avistei uma ilhota. Decidi passar a noite ali e prosseguir jornada no dia seguinte; pois precisava descansar. Desembarquei, arrastando meu bote para lugar seguro, e jantei muitíssimo bem. Depois preparei uma cama de folhas secas e dormi como um justo durante várias horas.

Acordei antes do nascer do sol. A madrugada estava limpa e clara. Tomei um bom café da manhã – assado de carneiro e muitos goles de vinho de Blefuscu –, levantei a âncora e parti. O vento estava favorável e, guiado por minha bússola de bolso, segui o mesmo rumo da véspera. Meu objetivo era alcançar uma das ilhas a nordeste da Terra de Van Diemen, mas durante todo esse dia não descobri nenhuma delas.

No dia seguinte, porém, algo aconteceu. Já começava a ficar preocupado com a ausência de terra quando distingui uma vela no horizonte. Eram três horas da tarde e o sol brilhava sobre o mar. Meu coração começou a dar pulos selvagens dentro do peito, com a esperança de voltar a ver a Inglaterra. Estendi rapidamente todas as velas, enquanto o navio se aproximava cada vez mais.

Cerca de meia hora depois o navio levantou a bandeira da popa e disparou um tiro de canhão. Minha alegria não tinha limites. Entre cinco e seis da tarde do dia 26 de setembro finalmente subi a bordo da nave, distinguindo feliz a bandeira inglesa tremulando no mastro.

O capitão desse barco mercante era o Sr. John Biddel, homem amável e excelente marinheiro. Voltava do Japão e quis saber de onde vinha eu num bote tão precário para enfrentar o mar alto. Quando lhe contei, imaginou que o sol havia desarranjado minha cabeça, mas logo tirei do bolso minhas vacas e carneiros e o homem ficou pasmo. Mostrei-lhe também o ouro que me dera o imperador de Blefuscu e o retrato de Sua Majestade. Dei-lhe duas bolsas de duzentos *sprugs*, prometendo-lhe, quando chegássemos à Inglaterra, uma vaca e uma ovelha prestes a ter crias. O capitão ficou radiante e conversamos várias vezes durante toda a viagem.

No dia 13 de abril de 1702 chegamos a solo inglês. Meu gado chegou bem a terra, com exceção de um carneiro devorado pelos ratos de bordo. Deixei os restantes num canteiro de relva em Greenwich, onde a delicadeza da grama os fez engordar muito. Tive, aliás, uma ideia que me proporcionou lucro considerável: exibi meu pequeno gado ao público e sempre com grande sucesso. Antes de iniciar uma outra viagem vendi-o por seiscentas libras – o que foi excelente negócio.

Tenho muito bom senso para certas coisas, para outras sempre fui de grande estupidez. Assim, permaneci apenas dois meses com minha família, logo trocando a calma do lar pelo desejo insaciável de conhecer países estranhos do mundo. Deixei mil e quinhentas libras a minha mulher, instalando-a numa boa casa em Redriff. Além disso, ela receberia também o aluguel de uma propriedade perto de Epping que me deixara meu tio John, além do Black Bull, que eu arrendara por trinta libras. A família estava decididamente amparada. Meu filho Johnny cursava a escola, minha filha Betty (hoje casada e com filhos) era uma mocinha gentil e saudável. Eu partiria tranquilo.

Despedi-me deles e embarquei no *Adventure*, navio mercante de trezentas toneladas, sob o comando do Capitão John Nicholas, de Liverpool. A manhã estava fria quando zarpamos, dia 20 de junho de 1702.

SEGUNDA PARTE
Viagem a Brobdingnag

Capítulo 1

APÓS GRANDE TEMPESTADE, O AUTOR E
SEUS COMPANHEIROS VÃO A TERRA EM BUSCA
DE ÁGUA. DISTANCIANDO-SE DA TRIPULAÇÃO,
LEMUEL GULLIVER É AGARRADO POR
UM HABITANTE DO LUGAR.
O PAÍS E O POVO.

O vento nos foi muito favorável até o cabo da Boa Esperança, onde desembarcamos para o reabastecimento de água. Depois, levantamos ferro novamente e fizemos boa viagem até os estreitos de Madagascar, quando, a cinco graus de latitude sul, um vento forte começou a soprar.

Durante vinte dias seguidos fomos arrastados com violência pelas rajadas para leste das ilhas Molucas até que, no dia 2 de maio, sobreveio uma calmaria absoluta. Fiquei bem satisfeito com isso, pois não aguentava mais ser sacudido de um lado para outro como qualquer boneco. O capitão, entretanto, liquidou minha alegria, afirmando que uma grande tempestade se preparava para cair sobre nossas cabeças.

Grande experiência tinha o Capitão John Nicholas, pois na manhã seguinte fui acordado pelo barulho de um vento denominado monção do sul, e que fazia ranger todo o navio. Vendo que a situação tendia a piorar, a tripulação tomou rapidamente as medidas necessárias, como ferrar o traquete, verificar os canhões e ferrar a mezena. O céu tornava-se cada vez mais escuro, a força do vento nos empurrava como casca de noz na imensidão do oceano. Durante todo o tempo que durou o temporal, a tripulação não cessou de trabalhar, manobrando o navio que dançava sobre as ondas.

Quando a tempestade amainou, tínhamos sido arrastados, segundo meus cálculos, perto de quinhentas léguas para leste. Nem o mais velho marinheiro de bordo poderia dizer em que parte do mundo nos encontrávamos. Felizmente não nos faltavam provisões, a tripulação gozava de boa saúde e o navio continuava firme e seguro. A falta de água, contudo, nos afligia, ordenando o capitão que o líquido fosse severamente racionado.

Continuamos a seguir o mesmo rumo, pois, voltando mais para o norte, poderíamos ser levados à parte noroeste da Grande Tartária e ao mar Gelado. O que muito nos atemorizava.

No dia 16 de junho de 1703 avistou-se terra. A 17 chegamos diante de uma grande ilha ou continente, e soltamos âncora a uma légua da enseada que avistávamos. Sabendo que uma dúzia de homens bem armados desceria a terra em busca de água, pedi ao capitão que me deixasse ir com eles para conhecer a região. Ah, meu Deus, mais valia estar em minha casa rodeado de mulher e filhos do que manifestar desejos perigosos e de tão funestas consequências como esse! O leitor logo me dará razão.

O bote encostou na praia. Os marinheiros rapidamente espalharam-se por terra à procura de água potável não muito distante do mar. Eu, curioso, ia caminhando bosque adentro, e quando dei por mim havia avançado mais ou menos uma milha. Preocupado, retomei com pressa o caminho de volta para não atrasar meus companheiros. Quando alcancei a enseada, uma cena estranha e que não entendi a princípio se descortinou ante meus olhos.

O mar se estendia inteiramente à minha volta. Dentro do bote, remando desesperadamente em direção ao navio, estava a tripulação que viera a terra. Sem compreender a razão daquele pânico e por que me abandonavam eles naquele lugar, preparava-me para dar um berro que chamasse sua atenção quando notei subitamente uma enorme criatura a persegui-los.

O susto quase me fez parar o coração. O monstro corria atrás do bote com velocidade, mas felizmente meus companheiros levavam uma vantagem de meia légua e logo alcançaram o navio. Quando vi a gigantesca criatura desistir da perseguição e começar a voltar, internei-me novamente terra adentro com o máximo de rapidez que minhas pobres pernas permitiam.

Vaguei por muito tempo sem ter a mínima noção de que país seria aquele nem o que poderia fazer a seguir. Repentinamente, o bosque terminou numa larga estrada (mais tarde vim a saber que era apenas utilizada como atalho num campo de trigo), margeada por hastes de trigo tão altas que deviam medir uns quarenta pés. Levei aproximadamente uma hora para caminhar até o fim desse campo, quando então me deparei com uma cancela formada de quatro degraus tão altos que eu não poderia sequer sonhar em descer.

Tentava encontrar alguma passagem que me permitisse continuar o caminho, quando ouvi um tremendo rumor: olhei imediatamente em torno e vi uma criatura semelhante à que perseguira meus companheiros. Era tão alta como uma torre e em cada passo avançava dez jardas. Tomado de pavor e assombro, corri a esconder-me no trigal e lá permaneci, tentando passar despercebido. Subitamente, um trovão rolou pelo céu com estrondo. Estranhei, pois o dia estava claro e límpido. Quando outro trovão se fez ouvir, notei então que eram as vozes das enormes criaturas, pois nesse momento outros sete monstros iguais aos primeiros se haviam aproximado.

Depois de trocarem algumas palavras que me deram dor de cabeça, os monstros se separaram. Como eu mal podia andar pelo intricado bosque, resolvi refugiar-me na parte em que o trigo fora cortado, onde pensei também em descansar um pouco de minhas correrias.

Está escrito, entretanto, que o descanso não foi feito para Lemuel Gulliver. Cerca de uns cinco minutos depois, ouvi barulho de foices cortando o trigo, bem próximo de mim. Minha fadiga, porém, era tanta, e tão grande o meu desespero que resolvi ficar como estava e não mais me mover: ali terminaria os meus dias. Durante alguns segundos pensei na família que deixaria, na estupidez de meu cérebro que me obrigava a viajar, no tamanho dos liliputianos. Em Lilipute eu era um prodígio, mas o que seria Lemuel Gulliver nas mãos dessas criaturas enormes? Pensei com tristeza na humilhação que seria para mim parecer tão insignificante neste país quanto os liliputianos o seriam entre nós. E pior: sendo as criaturas humanas mais cruéis e selvagens à medida que aumentam de tamanho, por certo eu acabaria sendo devorado por um desses bárbaros. A dor e o susto me dominavam, ao ouvir cada vez mais perto o ruído da foice.

Apesar de decidido a não me mover, berrei com todas as forças que me restavam quando o camponês aproximou-se o bastante para me esmagar com um dos pés ou cortar-me ao meio com a foice.

Ao ouvir tal gritaria, a criatura parou de súbito. Procurou no chão durante um momento e, deparando comigo, pegou-me entre os dedos como se faz com os insetos, erguendo-me até a altura de seus olhos. Embora apavorado, não me debati: juntei as duas mãos e pronunciei algumas palavras pedindo piedade, pois tinha medo de que me atirasse ao chão como um inseto perigoso.

Depois de um momento de total estupefação, o camponês segurou-me bem firme e correu em direção à casa de seu amo. Lá chegando, pôs-se a explicar o fenômeno numa língua que ribombava sobre minha cabeça. Fui colocado sobre a mesa, de quatro, mas levantei-me incontinenti, dando largas passadas de um lado para outro. O amo, cuja caraça eu via bem próxima, parecia perplexo: tirei então o chapéu, caí de joelhos, fiz uma reverência e pronunciei algumas palavras o mais alto que pude. Finalmente tirei uma bolsa de ouro que trazia e a ofereci a ele, tentando, por todos esses gestos, provar que era uma criatura racional.

Acho que os convenci, pois o amo falou diversas vezes comigo, embora eu não o entendesse nem ele a mim. Intrigado, chamou a esposa e mostrou-me, o que a fez recuar dando um grito como fazem as mulheres diante de um rato ou de uma aranha. Entretanto, depois de me observar e ver em mim um ser racional, tomou-se de grande amizade por este marinheiro.

Era cerca de meio-dia quando o criado trouxe o almoço. A família sentou-se em torno da mesa, colocando-me sobre a toalha. Eu tinha um medo horrível de despencar lá de cima – uma altura de trinta pés! A fome já roía meu estômago há muito tempo quando a esposa do patrão picou um pedaço de carne, esmigalhou um pouco de pão e colocou tudo à minha frente. Que alegria! Fiz uma reverência em sua direção, saquei do bolso meu garfo e minha faca e comi com grande apetite, o que os deixou satisfeitíssimos. Diante de mim colocaram também um cálice cheio de sidra; após saudar o dono da casa no melhor estilo inglês, ergui o cálice com as duas mãos e bebi um grande gole, o que os fez rir a bom rir. As risadas cessaram quando eu, caminhando alguns passos, tropecei numa fatia de pão e caí de bruços. Não me machuquei, levantando-me logo a seguir, mas, pelas expressões preocupadas de suas carantonhas, notei que haviam temido pelo meu tombo.

Para mostrar que nada sofrera, peguei o chapéu e agitei-o por cima da cabeça, dando três vivas. Para azar meu, o filho do dono da casa – monstrinho de dez anos de idade – pegou-me repentinamente pelas pernas e me ergueu no ar, fazendo-me perder completamente o fôlego. O pai, felizmente, estava atento: arrebatou-me de volta e, colocando-me de novo na mesa, deu tal bofetada no filho que o fez voar da cadeira. Ordenou-lhe também que deixasse a sala, ficando o pestinha sem comer a sobremesa. Eu, apavorado de que o menino me guardasse rancor e mais tarde fizesse comigo o que as crianças malvadas fazem com pardais e gatinhos, ajoelhei-me diante do pai e, apontando para o filho, supliquei que o deixasse ficar. O menino foi perdoado e voltou à mesa, fazendo-lhe eu uma reverência especial.

Nem bem tinha descansado desse episódio quando um ronco fortíssimo – como o de vinte leões – entrou-me ouvido adentro. Dei um pulo para trás. O gato da casa, saltando, no colo de sua dona, escancarava a boca num bocejo. Apesar de meu medo, o animal não me deu a menor importância: recuperando-me, caminhei intrépido cinco ou seis vezes diante de seu focinho para demonstrar ao chefe da família minha coragem. Apesar do aspecto feroz, foi o gato quem recuou amedrontado quando me aproximei.

Já os cachorros, embora do tamanho de elefantes, não me fizeram nenhum medo.

Após o jantar, entrou a babá trazendo uma criança no colo; assim que me viu, o garoto pôs-se a dar berros tão fortes que poderiam ser ouvidos de London Bridge a Chelsea. Para acalmá-lo, a mãe pegou-me com delicadeza colocando-me na mão rechonchuda do menino. Vendo-me seguro, o diabinho enfiou minha cabeça na sua boca, mas rugi com tanta força que o sacripanta amedrontou-se e me deixou cair.

Eu teria quebrado infalivelmente o pescoço se a mãe, vendo o rumo das coisas, não houvesse estendido o avental por baixo de mim. A criança, descontente, continuou a berrar a mais não poder até que a ama, numa última tentativa de parar os gritos que ressoavam pela casa, resolveu dar-lhe de mamar. Devo confessar que nunca vi nada tão feio e repugnante quanto o seio monstruoso daquela babá: era enorme, cheio de manchas, o que me fez lembrar como os liliputianos se assustavam ao verem minha pele muito de perto. Diziam que meu rosto era cheio de buracos e os fios de minha barba seriam mais grossos que a cerda de porco. No entanto sou loiro e passo por ter uma pele bonita; isso me faz concluir que, vista de perto e aumentada muitas vezes, não há pele que não nos assuste.

Vendo-me morto de fadiga, minha ama resolveu colocar-me num quarto vazio da casa: pôs-me na cama, cobrindo-me com um lenço muito leve, mas que mesmo assim pesava como um cobertor.

Dormi umas duas horas e acordei sobressaltado por um estranho ruído que vinha do fim da cama. Olhei naquela direção e vi dois imensos ratos que se aproximavam furtivamente. O pânico me dominou. Um deles subiu quase até o meu rosto, quando então desembainhei o sabre para defender-me. De súbito, atacaram os dois ao mesmo tempo, tendo um deles me alcançado o pescoço com a pata dianteira. Mas tive sorte: de uma estocada furei sua barriga e ele caiu. O outro pôs-se a fugir, mas desferi-lhe uma boa cutilada nas costas, o que o fez deixar um rastro de sangue. Notando que o primeiro ainda respirava, dei cabo dele com um golpe certeiro em seu pescoço.

Estava exausto. Se houvesse tirado o sabre para dormir, aqueles horrendos animais teriam me devorado, pensei estremecendo. O rato morto ainda jazia na cama quando minha ama entrou no quarto; vendo-me ensanguentado, deu um grito de horror. Apontei-lhe então o cadáver e meu sabre, levantando-me para que ela visse que não estava ferido. Ficou radiante.

Subitamente veio-me a vontade de fazer algo que ninguém poderia fazer por mim. Aflito, apontei o chão e a porta para minha ama, tentando fazer com que entendesse a situação. Depois de alguns segundos finalmente compreendeu: segurou-me delicadamente e, saindo de casa, depositou-me no solo do jardim. Acanhado, afastei-me vários metros e, dizendo através de sinais à minha ama que não me olhasse, fiz aquilo que o leitor facilmente adivinhará.

Capítulo 2

A FILHA DO FAZENDEIRO.
O AUTOR É EXIBIDO NUMA FEIRA,
SENDO LEVADO DEPOIS À CAPITAL.
PORMENORES DESSA VIAGEM.

O fazendeiro tinha uma filha de nove anos, menina inteligente para a idade e que sabia costurar muito bem. Foi a minha salvação: ela e a mãe adaptaram para mim o berço de uma boneca, colocando-o na gaveta da cômoda para evitar os ratos. A partir daí, dormi como um príncipe.

A menina era tão hábil que me fez ainda seis camisas e muita roupa branca, não perdendo ocasião de tornar-me mais confortável e vestido. Usava o tecido mais delicado que encontrava – embora este fosse tão grosseiro quanto as velas de um barco para mim.

Muito bondosa, ensinava-me também sua língua, batizando-me de Grildrig – nome pelo qual todos me chamaram depois. Passei a denominá-la Glumdalclitch ou mestrazinha, e a seu afeto e delicadeza devo praticamente minha sobrevivência nesse país. Quis o destino, entretanto, que eu fosse o motivo de sua desventura – embora inocente e adorando a pobre menina, como o leitor verá mais tarde.

Em pouco tempo espalhou-se pela vizinhança que o fazendeiro achara no campo um estranho animal, mais ou menos do tamanho de um *splacnuck*, mas que era idêntico a uma criatura humana: imitava todos os seus gestos, parecia falar numa língua própria, já aprendera a falar muitas palavras do idioma do país, andava sobre duas pernas, era manso, amável, obediente e tinha a pele mais fina que a de um bebê aos dois anos de idade.

Os rumores logo chegaram aos ouvidos de um vizinho do fazendeiro, que se apressou a ver o fenômeno. Fui imediatamente colocado em cima da mesa e exibido ao visitante. Ordenaram-me que caminhasse, desembainhasse o meu sabre, fizesse reverências e perguntasse ao vizinho, em sua própria língua, se ia passando bem.

À medida que me via fazer tais coisas, os olhos do velho fazendeiro se arregalavam de tal modo que não pude me conter e soltei uma boa gargalhada em suas barbas. Como Lemuel Gulliver pagaria caro aquela risada! O velho, estúpido e avarento, ficou furioso. Vingou-se de mim aconselhando a meu amo que me exibisse ao público por dinheiro, no que meu amo concordou. Embora tal coisa não fosse conversada em minha frente, pelos cochichos entre os dois imaginei logo que uma velhacaria andava a caminho. Mais tarde, Glumdalclitch veio contar-me em prantos toda a história. Havia-me defendido valentemente diante do pai, dizendo que a grosseria do público acabaria quebrando-me os ossos, que eu era tímido e recatado, que seria uma indignidade exibir-me como um animal, que o pai e a mãe haviam prometido que Grildrig seria seu, que comigo acontecia o mesmo que ocorrera com o cordeiro prometido a ela e vendido depois a um carniceiro, que...

O pai acabou com a cantilena de Glumdalclitch trancafiando-a no quarto e deixando-a sem jantar. Fiquei bastante preocupado a princípio, depois me resignei: apesar da vergonha de ser passeado como monstro pelo país, refleti que nem mesmo o rei da Inglaterra escaparia de sorte idêntica naquela terra de gigantes. Além disso, tinha uma secreta esperança de recobrar a liberdade.

Seguindo o conselho do vizinho, o fazendeiro levou-me no dia seguinte ao mercado da cidade mais próxima dentro de uma caixa de madeira. Havia uma pequena porta através da qual eu podia entrar e sair e vários buraquinhos para ventilação.

Felizmente, Glumdalclitch colocara dentro dela o colchão da cama de boneca para que eu pudesse deitar-me, senão teria chegado ao fim da viagem com todos os ossos quebrados. Mesmo assim o galope do cavalo era para mim como uma tempestade em alto-mar. A casa jogava para todos os lados, deixando-me moído e completamente exausto.

Chegamos finalmente a uma estalagem da cidade. O fazendeiro alugou imediatamente os serviços de um pregoeiro público para berrar aos quatro ventos que a maravilha prestes a ser exibida tinha o tamanho de um *splacnuck,* mas a forma e atitude de um ser humano.

À hora da exibição fui colocado em cima de uma mesa na sala principal da estalagem. Glumdalclitch sentou-se num tamborete bem próximo a mim para evitar que me pegassem e também para ajudar no meu número. Quando entraram as trinta primeiras pessoas – assim era feito para evitar aglomerações –, ela perguntava meu nome, conversava comigo sobre várias coisas, procurando eu responder sempre o mais alto que podia. Andei, fiz reverências, dei as boas-vindas ao público, puxei o meu sabre fazendo exibições de esgrima e finalmente ergui um dedal que Glumdalclitch me tinha dado para servir de copo e bebi com ele à saúde do público.

Nesse dia houve dez espetáculos, tendo eu que repetir as mesmas palhaçadas a cada exibição até me sentir quase morto de cansaço e humilhação. Fui um sucesso estrondoso, pois as pessoas que me viam espalhavam por toda parte a maravilha que eu era. No nono e décimo espetáculos desse dia o público mostrava-se tão ansioso para me ver que quase arrombou as portas da estalagem. Para evitar perigos, meu amo colocou bancos de madeira à minha volta, pondo-me fora do alcance daqueles brutos. Apesar desse cuidado, um estudante quase me arrebenta os miolos com uma avelã atirada sobre minha cabeça. Para sorte de Lemuel Gulliver, consegui desviar-me a tempo, e o patife foi surrado e expulso da sala a pescoções.

Decidiu o fazendeiro exibir-me novamente no próximo dia de mercado. Nesse meio-tempo, preparou-me um veículo mais cômodo, pois ficara eu tão cansado de viajar e fazer graçolas para os outros durante oito horas seguidas que não conseguia permanecer de pé ou pronunciar uma palavra. Levei três dias para recobrar as forças. Meu amo, entretanto, estava decidido a explorar-me ao máximo, ainda que me matando de fadiga. Nem bem começava a pôr-me de pé, embora num grande abatimento, e já montava ele um espetáculo em sua própria casa, para os camponeses e suas mulheres que haviam acorrido para ver-me. Com exceção da sexta-feira (que é o sábado deles), não tive um momento de descanso no seio daquela família.

Vendo os lucros fabulosos que eu lhe proporcionava, o fazendeiro resolveu levar-me às cidades mais importantes do país. Arrumou seus negócios, despediu-se da esposa e partimos. A boa Glumdalclitch carregava-me numa caixa amarrada à sua cintura, caixa que ela forrara muito bem forrada de todos os lados com o tecido mais macio que pudera encontrar. Acolchoara também todo o chão, mobiliando o interior da casinha com minha cama, armário, bem provido de roupa branca, cadeira e todos os objetos que me fizessem a vida confortável.

Fizemos longas viagens, interrompidas engenhosamente por Glumdalclitch. Para poupar-me, a menina alegava que o trote contínuo do cavalo a cansava em excesso. Tirava-me de vez em quando da caixa para que eu pudesse respirar e andar um pouco em chão firme; mas sempre de olho em mim.

Fui exibido em dezoito cidades, além das muitas aldeias e casas particulares que visitamos, como qualquer urso de feira que se preza. No dia 26 de outubro chegamos finalmente à capital, alcunhada por eles de Lorbrulgrud ou "Orgulho do Universo", sendo eu apresentado ao público outras dez vezes por dia para assombro e satisfação de todos.

Nessa altura já falava bem a língua do país, embora de nada me adiantasse então: não tinha forças para articular uma frase inteira, estava pele e ossos e a ponto de morrer.

Capítulo 3

CHAMADO À CORTE, O AUTOR É COMPRADO PELA RAINHA E APRESENTADO AO REI. DISCUTE COM OS SÁBIOS DE SUA MAJESTADE. CONQUISTA AS BOAS GRAÇAS DA RAINHA E DEFENDE A HONRA DA INGLATERRA. SUAS BRIGAS COM O ANÃO DO PALÁCIO.

Vendo-me quase reduzido ao esqueleto, meu amo pretendia explorar-me o mais rapidamente possível antes que eu morresse. Preparava nova série de espetáculos quando foi procurado por um escudeiro do rei: a ordem era para que me levasse incontinenti ao palácio a fim de divertir a rainha e suas damas.

Vi na ocasião a última oportunidade de salvar a vida: quem sabe se me esforçando bastante a rainha não acabaria me comprando? Assim, quando me apresentaram a Sua Majestade, caí de joelhos, solicitando a honra de beijar-lhe os pés. Ela, encantada com minha boa educação, estendeu o dedo mínimo, que segurei com os dois braços e beijei respeitosamente.

A rainha fez-me várias perguntas sobre meu país e as viagens que fizera, a que respondi o mais clara e gentilmente possível. Satisfeita com minhas respostas e deslumbrada com o fenômeno, Sua Majestade ficou um longo momento pensativa. Depois, olhando de novo para mim, perguntou-me suavemente:

– Agradaria ao senhor viver na corte?

A sorte de Lemuel Gulliver não havia acabado! Respondi com o coração aos pulos que seria motivo de grande orgulho para mim dedicar a vida ao serviço de Sua Majestade.

A rainha mandou logo saber do fazendeiro que soma desejava para vender-me. O homem, vendo que eu não duraria muito, resolveu desfazer-se de mim por mil peças de ouro, imediatamente entregues a ele por um dos secretários da rainha. De joelhos, roguei a Sua Majestade que não me separasse de Glumdalclitch, permitindo-lhe que ficasse: expliquei-lhe a delicadeza e a bondade da menina para comigo e a rainha acedeu. O pai consentiu, radiante por ver sua filha na corte. Glumdalclitch também não ocultou sua alegria, pois a afeição que sentia por mim era realmente sincera. O fazendeiro despediu-se dizendo que me deixava num bom lugar, ao que nada respondi, limitando-me a fazer uma reverência.

A rainha notou minha frieza e depois que o fazendeiro deixou a sala, quis saber o porquê de tal atitude. Respondi a Sua Majestade que só tinha a agradecer uma coisa a meu amo: não haver feito saltar os meus miolos contra uma pedra, como poderia fazer a qualquer criatura inofensiva encontrada em seus campos. Contudo, eu considerava bem paga sua "benevolência", pois os espetáculos em que me exibira lhe haviam dado enormes lucros. Disse também à rainha que minhas exibições em metade do reino dariam para matar um animal dez vezes mais forte do que eu; que minha saúde ficara seriamente abalada por ter sido eu obrigado a divertir a canalha a todas as horas do dia; e que se meu amo não imaginasse minha morte bem próxima, Sua Majestade não me teria comprado por tão baixo preço.

— Mas agora — concluí — sem mais receio de ser maltratado e sob a proteção de tão boa rainha, Ornamento da Natureza, Predileta do Mundo, Delícia de Seus Súditos e Fênix da Criação, espero recuperar a saúde e as boas cores. Na verdade, já sinto novas energias em minhas veias unicamente pela influência de sua augusta presença.

A rainha surpreendeu-se agradavelmente com o meu discurso. Tomou-me nas mãos e levou-me até o gabinete do rei, príncipe muito severo e de grande austeridade. Vendo-me na mão da mulher, Sua Majestade perguntou a ela desde quando possuía um *splacnuck* de estimação, pois me tomara por um desses animaizinhos. A rainha, muito espirituosa, respondeu colocando-me sobre a escrivaninha e ordenou-me que cumprimentasse o marido, o que fiz prontamente.

O rei mostrou uma cara de extrema surpresa. Apesar de erudito e estudioso de filosofia, não atinou a princípio com o que era aquele serzinho, pensando estar diante de uma peça de relojoaria bastante aperfeiçoada. Entretanto, à medida que eu falava coisas racionais e muito lógicas, o seu assombro foi total. Não acreditou, porém, que eu viesse de outro país, imaginando ter sido essa história inventada pelo fazendeiro para me vender por maior preço. Fez-me diversas perguntas para desmascarar o embuste, ficando ainda mais perplexo com minhas respostas.

Mandou então chamar seus três maiores sábios que, após me observarem atentamente, chegaram às mais disparatadas conclusões a meu respeito. Um deles declarou que eu não poderia ter sido feito de acordo com as leis normais da natureza, já que era extremamente frágil. Não poderia defender minha vida subindo em árvores ou cavando buracos na terra como qualquer coelho comum. Outro disse que, apesar disso, meus dentes provavam ser eu um carnívoro; outro, após balançar a cabeça, ponderou que, sendo eu mais fraco que um mísero rato-do-campo e menos ágil do que este, provavelmente me alimentaria de caracóis e outros insetos parecidos.

Nesse ponto houve uma discussão entre os sábios, pois os dois outros não concordavam com tal opinião. Nova divergência ocorreu quando um deles levantou a hipótese de que eu seria um aborto; seus companheiros a rejeitaram vigorosamente – e com muita razão, a meu ver – alegando serem os meus membros perfeitos e completos.

Numa coisa todos concordaram: eu não poderia ser um anão, já que o menor da espécie pertencente à rainha era bem mais alto, medindo cerca de trinta pés de altura. Diante disso, concluíram ser eu um "divertimento da natureza", o que combinava muito bem com a solução que a moderna filosofia europeia procura dar – disfarçando a própria ignorância – a todas as dificuldades.

Nesse ponto não consegui conter-me. Pedi a palavra e, diante da plateia curiosa e perplexa formada pelos três sábios e Sua Majestade, comecei a falar. Expliquei-lhes que vinha de um país formado de milhões de pessoas, todas do meu tamanho, e onde os animais, as árvores e as casas eram proporcionais a esse tamanho, tendo eu, por isso, a mesma facilidade de defender-me e encontrar alimentos que os súditos de Sua Majestade no país em que me encontrava.

Os sábios sorriram com desdém, replicando que o fazendeiro me ensinara muito bem a lição. O rei, contudo, mais inteligente, resolveu despedir os sábios e mandou chamar de volta o fazendeiro, que ainda não havia deixado a cidade. Interrogou-o primeiro em particular; depois, chamou Glumdalclitch, confrontando suas respostas com as minhas. Finalmente, convenceu-se de que a história contada era verdadeira.

O rei, muito bondoso, destacou uma governanta para cuidar da educação de Glumdalclitch e duas aias para servi-la. Mas unicamente à menina caberia cuidar-me e vigiar-me para que nada de mal me acontecesse. Ordenou também ao marceneiro real – artista engenhosíssimo – que fizesse para mim uma habitação confortável. Seguindo as minhas instruções e as de Glumdalclitch, foi construído um espaçoso quarto de madeira com janelas de correr, ligado por uma porta a dois outros aposentos. O teto podia ser erguido tanto para colocar-se lá dentro a mobília quanto para ventilar, o que Glumdalclitch fazia todos os dias. O quarto era também acolchoado de todos os lados, inclusive no chão e no teto, para impedir qualquer acidente. Fabricaram-me uma boa cama – bem melhor que a antiga –, duas cadeiras, uma sólida mesa e uma cômoda para guardar meus objetos.

A rainha apreciava tanto minha companhia que almoçava comigo diariamente. Colocaram para mim uma mesa sobre aquela em que comia Sua Majestade e uma cadeira para sentar-me, instalando-se Glumdalclitch num tamborete aos pés da rainha. Eu possuía um jogo completo de pratos rasos e fundos e bonitos talheres, todos feitos de prata pelo joalheiro do reino.

Sua Majestade colocava um pedaço de carne num de meus pratos e divertia-se muito ao me ver comer com faca e garfo, como qualquer nobre da corte. Para mim, no entanto, ver a rainha alimentar-se me enchia de náusea: de uma garfada engolia ela o que doze lavradores ingleses poderiam comer numa refeição; punha na boca um pedaço de pão do tamanho de um bolo gigante, bebendo numa taça de ouro mais de sessenta galões de vinho de um trago só. Era monstruoso. Lembro-me de que assisti certa vez a um banquete da corte: nunca vi nada tão impressionante quanto as duas dezenas de garfos e facas cheios de comida e erguidos ao mesmo tempo.

Às sextas-feiras, o rei, a rainha e os principezinhos jantavam juntos. Nessas ocasiões o rei aproveitava para conversar comigo sobre os costumes, leis, política, arte e religião da Europa, fazendo observações muito inteligentes a respeito de tudo o que eu lhe dizia. Quando discorri sobre os dois partidos políticos que dividem a Inglaterra, deu uma boa gargalhada, perguntando-me se eu era *whig* ou *tory*. Depois, virando-se para o primeiro-ministro que permanecia atrás dele, ponderou que a grandeza humana era na verdade muito desprezível, pois podia ser imitada por insetos tão pequenos como eu.

– Acredito realmente – continuou – que essas criaturas têm os seus títulos de nobreza, fazem ninhos e tocas a que chamam de casas e cidades, amam, guerreiam, disputam-se, roubam e atraiçoam, exatamente como aqui.

E continuou a falar nesse tom de meu país, mestre nas artes, flagelo da França, árbitro da Europa, sede da honra e da verdade, orgulho e inveja do mundo. De rosto em fogo, eu ouvia indignado as injúrias lançadas à querida Inglaterra; entretanto, sem poder respondê-las, controlei-me, refleti e acabei duvidando se minha terra fora realmente injuriada ou não.

Nada me enfurecia tanto como o anão da rainha, a menor criatura do país. O anão, mutíssimo insolente por ter encontrado alguém a quem pudesse olhar de cima, descontava em mim sua insuficiência de tamanho. Sempre que possível, dirigia-me implicâncias e provocações de todas as espécies, às quais eu procurava responder na mesma moeda. Era o meu grande tormento na corte.

Um belo dia, durante o almoço, o anão pregou-me uma peça tão vil que a rainha, embora desse uma gargalhada, ficou aborrecida e quase se desfez dele na mesma hora. Para ver se o amansava, intercedi por ele junto à rainha, que acedeu. O ocorrido fora o seguinte: Sua Majestade tomara um osso de seu prato, retirara-lhe o tutano e tornara a pousar o osso no prato. O demônio do anão, que sempre esperava uma ocasião para me azucrinar, tomou-me com ambas as mãos e enfiou-me com as duas pernas juntas dentro do osso, onde fiquei entalado até a cintura; só alguns momentos depois, Glumdalclitch, distraída, acudiu aos meus gritos. Saí de dentro do osso completamente sujo e humilhado, e se impedi que a rainha se desfizesse dele, em compensação assisti com prazer à valente surra que levou.

Mas o anão estava com o diabo no corpo e continuou a atormentar-me. Jantava eu muito tranquilo certa noite quando ele, notando que ninguém me prestava atenção, segurou-me com rapidez por um braço e após um rodopio no ar atirou-me dentro de uma taça transbordante de creme. Quase morri sufocado, engolindo uma grande quantidade de sobremesa e debatendo-me para manter a cabeça de fora. Ao notar o que acontecera, a rainha ficou tão nervosa que não sabia como salvar-me. Felizmente, Glumdalclitch, que deixara a sala momentaneamente, havia acabado de voltar e logo me tirou da taça. Fui levado imediatamente para a cama e tive mesmo uma ponta de febre.

Ah, mas essa foi a última perversidade de meu algoz na corte. Além de ser rijamente açoitado, teve que beber toda a taça de creme onde me lançara, e mais: a rainha não quis mais saber de semelhante patife e o deu de presente. Nunca mais tornei a vê-lo, para minha alegria e salvação, pois não sei a que extremos teria chegado esse biltre.

Durante o verão, aquele reino era bastante invadido por moscas que, devido ao meu tamanho, incomodavam sobretudo a mim. De tal maneira me molestavam e amedrontavam que a rainha um dia perguntou-me se todos os habitantes de meu país eram tão covardes quanto eu. Embora ofendido, tentei explicar-lhe que as moscas, para o meu tamanho, eram monstros ferozes e que me picavam dolorosamente, largando um cheiro nauseabundo. Além disso, continuei, minha vista era mais aguda que a de Sua Majestade para coisas menores, notando eu os ovos repugnantes que deixavam esses insetos em minha comida.

Por várias vezes puxei meu sabre e quando as moscas me atacavam eu as fazia em pedaços, o que muito divertia a rainha.

Mas não eram só as moscas que me amolavam. Certo dia, estava minha caixa na janela e com o teto levantado – como fazia Glumdalclitch nos dias de sol – quando me preparei para tomar o café da manhã. A ideia inicial da menina era pendurar-me num prego fora da casa, como se faz com os passarinhos na gaiola, mas não permiti. Bem. Sentei-me à mesa e dispunha-me a saborear uma fatia de bolo quando mais de vinte vespas, atraídas pelo cheiro, entraram voando pelo quarto, arrebataram-me o bolo e ainda me teriam atacado com seus terríveis ferrões se eu não as despedaçasse com meu sabre.

Consegui matar quatro, enquanto o resto batia em retirada com um barulho de meter medo ao mais corajoso. Depois de recobrar o fôlego, arranquei os ferrões dos cadáveres e guardei-os como lembrança. Eram enormes e afiados como agulhas. Fosse Lemuel Gulliver mais lento no manejo do sabre e as vespas teriam dado cabo dele num abrir e fechar de olhos.

Capítulo 4

O AUTOR DESCREVE O PAÍS E SUGERE
MODIFICAÇÕES NOS MAPAS MODERNOS.
O PALÁCIO DO REI.
COMO VIAJAVA O AUTOR.

Vou agora apresentar ao leitor uma breve descrição do país em que me encontrava.

Sua extensão total é de aproximadamente seis mil milhas de comprimento e cinco mil milhas de largura, fazendo-me por isso concluir que os geógrafos da Europa estão errados. Sempre imaginei que se enganavam ao julgarem existir apenas mar entre o Japão e a Califórnia. Ora, é claro que nesse espaço há um grande continente para servir de contrapeso à Tartária. Estou mesmo disposto a auxiliar os geógrafos na correção dos mapas, acrescentando essa grande parte de terra à região nordeste da América. O reino é uma península limitada ao norte por elevada cadeia de montanhas – vulcões, na maioria. Os estudiosos não sabem quem habita além dessas montanhas ou se lá existe qualquer espécie de gente. Não há porto algum em toda a costa, sendo esta muito escarpada. O mar, quase sempre agitadíssimo, ajuda a manter o povo totalmente isolado do resto do mundo.

Os rios, entretanto, são muito navegáveis e vivem cheios de bonitas embarcações. País populoso, contém cinquenta e uma cidades, perto de cem vilas e um grande número de aldeias. Lorbrulgrud, a capital, é dividida em duas partes quase iguais por um rio de águas verdes, distribuindo-se os seiscentos mil habitantes que possui em oitenta mil casas bem sólidas e graciosas. Mede de comprimento três *glomglungs* (cerca de cinquenta e quatro milhas inglesas) e dois e meio de largura, o que não é nada mau para uma cidade.

O palácio do rei – construção gigantesca – é um amontoado de edifícios amplos e confortáveis. Dali, saíamos eu e Glumdalclitch para visitar a cidade e as lojas num coche que Sua Majestade pusera a nossa disposição. Esse carro era um colosso mais ou menos do tamanho de Westminter Hall, mas eu viajava bem seguro dentro de minha caixa. Muitas vezes pedia a Glumdalclitch que me segurasse na mão para apreciar melhor a paisagem.

Um dia, passamos pelos bairros miseráveis da cidade. Que espetáculo terrível foi ver os mendigos disformes, estropiados, suas chagas e os farrapos sujos com que se cobriam! Por muito tempo me senti nauseado com aqueles males em tamanho colossal, sem conseguir mesmo pregar olho durante a noite.

A rainha mandara fazer outra caixa para que eu viajasse com mais conforto, ficando a casa reservada para o chão firme. Era menor que a primeira; possuía apenas um cômodo em forma de quadrado com uma janela em três dos lados e todas gradeadas com fortes barras de ferro. No quarto lado havia duas argolas que Glumdalclitch enfiava numa correia de couro, afivelando-a à cintura. Ali fiz excelentes viagens, desfrutando a bonita vista do reino e as ocorrências mais estranhas que se podem imaginar.

Capítulo 5

AVENTURAS PERIGOSAS SE SUCEDEM AO AUTOR.
SUA HABILIDADE EM NAVEGAÇÃO.
AS DAMAS DA RAINHA.

Minha vida naquele reino era muito agradável e eu seria completamente feliz se meu tamanho não me expusesse a tantos acidentes.

Glumdalclitch levava-me com frequência aos jardins do palácio, colocando-me no chão para que desenferrujasse as pernas e respirasse a pura atmosfera reinante. Certa vez – contrariando seus hábitos – permitiu ao anão da rainha nos acompanhar a um curto passeio e lá fomos nós até um relvado em que se viam algumas macieiras anãs.

Depositou-me Glumdalclitch no chão e afastou-se poucos passos para colher umas flores amarelas muito comuns no país. Eu, embora na companhia do anão me sentisse muito bem disposto, resolvi aborrecê-lo com certas comparações entre ele e as macieiras. Não é à toa que o silêncio é de ouro! Quase pago tal impertinência com a vida, pois o anão, furioso, não achou nada de melhor para fazer do que sacudir sobre mim uma das macieiras carregadas de frutos. As maçãs, quase tão grandes quanto barris, por pouco não me racham a cabeça: a única que tombou sobre minhas costas fez-me cair de bruços, quase sufocado. O anão levou um forte puxão de orelhas de Glumdalclitch, que acorreu prontamente quando me viu em tal situação, mas intercedi por ele: desta vez fora eu o provocador.

Outro dia, num desses passeios ao jardim, Glumdalclitch me colocara no solo. Vendo-me andar tranquilamente na grama bem aparada, afastou-se para comentar com a governanta os mexericos da corte. Caminhei distraído e sem rumo durante algum tempo, sem haver notado que o céu escurecera repentinamente. O primeiro relâmpago me fez retroceder: caminhei com o máximo de rapidez que minhas pequenas pernas permitiam, mas havia me afastado tanto que Glumdalclitch sumira de meu campo de visão.

Súbito, o aguaceiro começou; o pior, entretanto, não eram os pingos de chuva que quase me afogavam, e sim as pedrinhas de granizo tombando do céu. O gelo, do tamanho de bola de tênis, me golpeava tão cruelmente que caí, exausto com o bombardeio. Vendo minha situação cada vez pior, arrastei-me de quatro para debaixo de umas folhas de trevo e lá fiquei, machucado e tiritando da cabeça aos pés. A menina, assustada, finalmente me achou e levou-me logo para casa; a brincadeira obrigou-me a ficar três dias na cama, pois meus ossos pareciam ter saído fora do lugar.

Minhas desditas, contudo, não parariam aí. Durante uma bela manhã de sol e após vigorosa caminhada, estávamos Glumdalclitch e eu no jardim quando manifestei sede. A menina dispôs-se a encher o dedal que sempre levava no bolso com a água fresca de uma fonte mais ou menos próxima. Enquanto esperava, sentei-me sobre uma folha de relva, arrancando outra menor para servir-me de ventarola. Meus pensamentos vagavam sem direção como uma nuvem sob o vento; já quase adormecia quando fui despertado por um bafo quente como o inferno em pleno rosto. Arregalei os olhos, assustadíssimo: diante de mim estava o cachorro do jardineiro com a goela escancarada e a língua pendente.

O pânico me paralisou. Certo de que o monstro me engoliria de uma só bocada, pensei em minha mulher e nos filhos órfãos que deixaria nesse mundo de sofrimentos. O cão não esperou o fim de meus pensamentos: segurou-me tranquilamente entre os dentes e, abanando o rabo, percorreu o jardim até encontrar seu dono, diante de quem me largou.

Não é necessário dizer que o jardineiro ficou apavorado. Sabendo que eu pertencia à rainha e vendo-me tão ofegante e sem voz, achou-se perdido. Segurou-me com mão trêmula, borrifando meu rosto com os restos da água de uma caneca. Eu continuava sem fala, pois sua tremedeira era tamanha que só fazia aumentar o meu abalo. Glumdalclitch, vendo-o branco como folha de papel, e a mim, mudo como uma porta, quase desmaiou. Abanou-me cuidadosamente, só descansando quando me viu pronunciar algumas palavras. Levou-me então para casa e, vendo que eu não me machucara, voltou para zangar-se com o pobre jardineiro por haver deixado solto "aquele terrível animal".

Sugeri a Glumdalclitch que ordenasse ao homem esquecer o incidente, pois temia que a rainha se encolerizasse com minha amiga. A corte nada soube e levantei-me no dia seguinte novo em folha, mas a partir daquele dia Glumdalclitch resolveu não me abandonar nem mais um segundo.

Tal decisão amolou-me bastante, pois Lemuel Gulliver sempre apreciou seus momentos de solidão. Mas reconheci que Glumdalclitch resolvera acertadamente: além dos fatos já narrados, corri outros perigos, como o do milhafre que quase me arrebatou em suas garras; ou da vez em que afundei até o pescoço num buraco de toupeira, sendo salvo por um triz daquele abismo; ou quando quebrei a perna direita ao tropeçar na concha de um caracol, ao caminhar distraído pensando na pobre Inglaterra.

As damas da rainha tomavam comigo uma liberdade que sempre detestei e que consistia no seguinte: pediam a Glumdalclitch que me levasse até elas e me despiam dos pés à cabeça, para me observarem como se eu fosse um bicho raro.

Depois acariciavam-me, elogiando ardentemente meu corpo bem proporcionado e minha pele alva.

Eu, é claro, me sentia terrivelmente constrangido com tais atenções. E mais ainda porque essas damas — embora se despissem na minha frente sem a menor cerimônia — não me atraíam nem um pouco. Sua pele era desigual, cheia de imperfeições para os meus olhos microscópicos, e exalavam um cheiro nauseabundo. Mas seria grande injustiça de minha parte não esclarecer ao leitor que na verdade essas damas deveriam ser tão limpas e perfumadas quanto qualquer dama inglesa: meu nariz pequeno e ultrassensível a odores muito fortes é que registrava semelhante mau cheiro. Lembro-me de que em Lilipute muitos reclamavam do odor que exalava meu corpo — como os compreendo agora!

As damas da rainha me desagradavam tanto que combinei com Glumdalclitch uma desculpa qualquer para interromper aquelas visitas, que realmente se espaçaram.

Tirava grande prazer em conversar com a rainha, pessoa muito bondosa e que sempre procurava distrair-me quando me via triste ou melancólico. Ouvindo-me falar com entusiasmo sobre viagens marítimas e navegação, perguntou-me se gostaria de ter um barco a vela: eu respondi, imensamente contente, que adoraria possuir um.

Sua Majestade sorriu de minha alegria. Mandou chamar o melhor marceneiro do reino e ordenou-lhe que seguisse fielmente as instruções que eu lhe daria para a construção do barco. Determinou ela também que se construísse um grande tanque nos jardins do palácio.

— Quero que possa navegar com todo o conforto — disse a rainha amavelmente, preparando-se para abandonar a mesa do almoço.

Respondi com a mais bela reverência já feita em minha vida: Lemuel Gulliver estava radiante! Depois de passar alguns dias trabalhando no projeto com o marceneiro, este começou afinal a construir a embarcação. O homem, muito hábil, dentro de duas semanas aprontou-a em todos os detalhes: era uma verdadeira joia e seria o orgulho de qualquer marinheiro inglês que a visse. Além das velas, possuía também dois remozinhos muito bem acabados que eu poderia utilizar nas calmarias.

O barco foi lançado ao tanque na presença da rainha e de suas damas, que ficaram admiradas de minha perícia. Vinham quase todos os dias ver-me navegar e produziam um ótimo vento com seus leques. Como me divertia! Entretanto, mesmo aquele inocente esporte não era destituído de riscos para alguém tão pequeno como eu. Certa vez quase perdi a vida ao escorregar das mãos de Glumdalclitch que me transportava para o bote. Por sorte caí verticalmente dentro do bolso de seu avental, escapando assim de estatelar-me no chão: daquela altura, era quase certo ter o pescoço quebrado.

Em outra ocasião, um dos criados que faziam a limpeza do tanque não percebeu o grande sapo que lá se instalara. O raio do bicho permaneceu escondido até ver-me dentro do barco, quando então, não sei por que cargas-d'água, resolveu subir a bordo. Seu peso era tão grande que fez a embarcação adernar violentamente para a esquerda e se Lemuel Gulliver não compensasse esse peso com seu próprio corpo, correndo rapidamente para a direita, eu, sapo e barco teríamos ido ao fundo. Não contente com a gracinha, o bicho deu dois pulos e caiu sobre minha cabeça, achatando-me com seu peso. Que sensação horrível provoca aquele corpanzil frio, mole e viscoso! Se nunca passou por tal situação, caro leitor, evite-a o mais que puder.

Aflita, Glumdalclitch quis tirar imediatamente o sapo de cima de mim, mas fiz-lhe sinal para não o fazer: eu mesmo desejava dar-lhe uma boa lição. Reunindo as forças, saí aos poucos debaixo do energúmeno, que piscava tranquilamente os olhos empapuçados, naturalmente se divertindo com minhas dificuldades. Assim que me vi livre, corri para o remo mais próximo e desferi uma violenta cacetada no monstro; para defender-se, este jogou sobre mim um esguicho de sua horrorosa peçonha, mas com um pequeno salto consegui livrar-me. Recobrei ânimo e dei-lhe outra bordoada mais violenta, diante do que o infeliz resolveu fugir antes de seus miolos virarem farelo.

Glumdalclitch ficou impressionadíssima com minha bravura, contando o caso do sapo a torto e a direito na corte. A própria rainha muito amavelmente veio cumprimentar-me pelo sucedido.

Contudo, o maior perigo pelo qual passaria Lemuel Gulliver naquele reino ainda estava por vir. Eis o que se deu:

Glumdalclitch costumava deixar-me em seu quarto, dentro de minha caixa, quando se ausentava. Um dia, como o calor estivesse forte, antes de sair abrira a porta do quarto e também minhas janelas para que a brisa me beneficiasse. Eu, sentado à mesa, refletia sobre minha vida passada quando ouvi algo entrar repentinamente pela janela do quarto de Glumdalclitch. A coisa – eu não tinha a mais leve ideia do que fosse – pusera-se a fazer um barulho tremendo, dando pulos de um lado para o outro. Assustado, meti a cabeça por uma de minhas janelas e espiei para fora: lá estava um macaco a fazer toda a espécie de maluquices que os de sua raça costumam fazer. Parava, coçava-se, dava saltos-mortais, guinchava e mil outras coisas desse gênero.

Eu, de minha janela e sentindo-me em segurança, observava-o divertido, acompanhando com os olhos suas cabriolas. Que erro! O animal, notando minha presença, largou o que fazia e pouco depois estava com a carantonha encostada na janela sobre a qual eu me debruçava. Aterrorizado, fugi para o canto oposto, escondendo-me atrás de uma cadeira.

O bicho, porém, não se deu por satisfeito. Espiou por todas as janelas até descobrir-me, trêmulo e encolhido, em meu pobre esconderijo. Amaldiçoei-me por não me ter metido embaixo da cama, único lugar em que o macaco dificilmente me veria. Tarde demais. Esticou a mão por uma das janelas e puxou-me para fora pela aba do casaco. Seus olhos brilhavam curiosos e tenho quase certeza de que me tomou por um filhote, pois me segurou como se fosse amamentar-me. Eu me debati um pouco na esperança de recobrar a liberdade, mas o único resultado disso foi apertar-me o macaco ainda com mais força.

Súbito, a porta se abriu: Glumdalclitch deu um enorme grito diante da cena, o que só fez piorar a situação. O animal, espantado, saiu janela afora comigo bem seguro na concha do braço, galgando rapidamente o telhado vizinho. Acho que em toda a minha vida nunca me senti tão apavorado. O macaco pulava de telha em telha com uma agilidade surpreendente, aumentando ainda mais a sensação de pesadelo e a vertigem que dominavam este marinheiro.

Tendo Glumdalclitch dado o alarma, logo acorreram inúmeras pessoas; o palácio ficou num grande alvoroço; os criados logo partiram em busca de escadas através das quais pudessem alcançar o fujão.

Os cortesãos que observavam a cena não puderam deixar de rir ao verem o macaco sentado na cumeeira de um edifício, segurando-me com um dos braços e com o outro obrigando-me a comer uma papa que ele tirava da própria boca. Meu nojo era enorme, mas como o animal batia-me na cabeça se eu recusava o "alimento", não tive outro jeito senão fingir que comia. Meu rosto devia mostrar muita repugnância e desalento, pois cada vez que eu abria a boca ouvia os risos dos nobres lá embaixo.

Enquanto os basbaques riam, os criados se esforçavam valentemente para chegar até mim. A princípio, embora procurando em todo o palácio, não acharam nenhuma escada cujo comprimento fosse suficiente para atingir o telhado. Alguns deles, em desespero, puseram-se a atirar pedras sobre o animal na esperança de fazê-lo descer. Felizmente, o mais velho de todos obrigou-os a parar, pois caso contrário teriam certamente rachado meu crânio.

Finalmente acharam uma escada gigante e por elas subiram vários homens. Sentindo-se acuado, o macaco resolveu fugir e, para ter maior liberdade de movimentos, largou-me sobre a calha – para mim uma enorme avenida. Contudo, eu estava tão fraco e trêmulo que não me arrisquei, permanecendo deitado; soprava um forte vento que poderia levar-me pelos ares como uma palha a qualquer descuido. Resolvi também não olhar para baixo, pois a altura era de dar tonteira ao mais corajoso.

Afinal, fui recolhido por um dos homens, que, colocando-me no bolso de seu casaco, fez-me chegar são e salvo até o chão.

Vendo-me em petição de miséria e pálido como a morte, Glumdalclitch torcia as mãos, aflita. Eu me sentia malíssimo, principalmente devido ao mingau que o maldito macaco me fizera engolir. Notando isso, a menina deu-me para beber um vomitório que logo fez o seu efeito. Senti-me bem melhor depois, mas assim mesmo permaneci quinze dias na cama, tanto fora espremido e sacudido pelo animal.

O rei e a rainha pediram informações sobre minha saúde durante todos os dias em que fiquei convalescendo. Apesar disso, riram às gargalhadas de mim quando apareci pela primeira vez, ao se lembrarem de meu rosto aterrorizado e da comida que o macaco enfiava-me goela abaixo. O rei, principalmente, amolou-me com várias perguntas tolas que o faziam redobrar as risadas: quis saber se eu gostara do mingauzinho; se o ar fresco me abrira o apetite; em que pensara eu quando nas garras do macaco etc.

Amarrei a cara diante de tantas risotas e afinal acabaram me deixando em paz. No dia seguinte, entretanto, para meu azar, provoquei novas gargalhadas entre os cortesãos. Glumdalclitch e eu fazíamos um passeio pelo campo quando a menina ordenou que o coche se detivesse: queria sair e apreciar a natureza mais de perto, colher pequenos morangos já maduros que víamos do carro.

Colocando Glumdalclitch minha caixa no chão, saí para caminhar um pouco. Como havia no caminho um monte de esterco, resolvi testar a minha agilidade saltando por cima dele. Decididamente, eu tinha as pernas ainda entorpecidas da viagem, pois errei o pulo, enterrando-me no monte até a cintura. Além do desânimo que me invadiu, estava emporcalhado da cabeça aos pés, o que estarreceu completamente Glumdalclitch: contei-lhe o sucedido, provocando-lhe um acesso de riso que durou quase toda a viagem de volta. A rainha e o rei foram informados da história e durante muitos dias todos se divertiram, como uma cambada de tolos, às custas de Lemuel Gulliver.

Capítulo 6

DIVERSAS IDEIAS DO AUTOR PARA
AGRADAR O REI E A RAINHA.
O REI PEDE INFORMAÇÕES SOBRE A EUROPA
E DÁ A SUA OPINIÃO.

Duas ou três vezes por semana eu costumava assistir à toalete matinal do rei. Vê-lo nas mãos do barbeiro era um espetáculo impressionante, pois a navalha que usava parecia duas vezes maior do que um sabre.

Certo dia pedi ao barbeiro alguns fios da barba de Sua Majestade, dos quais, aparando-os e ajustando-os a um pedaço de madeira, fiz ótimo pente. Também utilizei alguns cabelos louros da rainha na confecção do espaldar e assento de duas belas cadeiras torneadas pelo meu amigo marceneiro. A rainha, a quem dei de presente a mobília, ficou muito surpreendida com minha habilidade. Pediu-me que experimentasse as cadeiras sentando-me nelas, mas respondi que preferia morrer mil vezes a colocar certa parte de meu corpo sobre os preciosos cabelos que haviam adornado a cabeça de Sua Majestade.

Glumdalclitch recebia diariamente lições de cravo, instrumento que eu aprendera a tocar quando na Inglaterra. Tive então a ideia de divertir o rei e a rainha com a execução de algumas melodias inglesas; o problema era o tamanho imenso do cravo, pois com os braços estendidos eu só conseguia alcançar cinco teclas: para fazê-las soar era obrigado a desferir sobre elas um violento murro. Como desse modo fosse impossível tocar qualquer coisa, preparei dois porretes redondos cobrindo suas pontas com pele de rato, para não arranhar as teclas. Mandei também que colocassem um banco diante do instrumento, numa posição um pouco mais baixa do que as teclas.

Depois de treinar o novo método, avisei à rainha que estava pronto para o concerto. Suas Majestades sentaram-se ao redor do instrumento e pus-me a tocar: eu corria de um lado para outro o mais depressa que podia, surrando as teclas com os dois paus e acabei tirando do instrumento três músicas seguidas.

Acabei exausto, transpirando como um burro de carga, mas fui vivamente cumprimentado por Suas Majestades.

Como já disse, eu costumava conversar frequentemente com o rei durante as refeições que tomávamos juntos. Essas conversas, entretanto, eram muito irritantes para mim, pois Sua Majestade acabava assumindo um tom de desprezo profundo em relação à Inglaterra. Certo dia não me contive: enchendo-me de coragem, disse a Sua Majestade que tal desprezo não combinava de modo nenhum com as grandes qualidades de espírito demonstradas por ele; que a razão não é proporcional ao tamanho do corpo; que na Inglaterra, pelo contrário, sabíamos que quanto maior é a pessoa menos lucidez possui; que as abelhas e formigas eram muito mais sagazes e laboriosas que outras espécies maiores; e que, por mais insignificante que Sua Majestade me julgasse, eu esperava poder viver o suficiente para prestar-lhe algum serviço. Falei tudo isso de um só jato, movido pela impaciência; depois me calei com certa apreensão, pois temi que o rei considerasse minhas palavras uma impertinência insuportável.

Sua Majestade ficou em silêncio, fixando-me com seus grandes olhos azuis. Depois, concordou que eu estava com toda a razão e a partir daí passou a ter de mim uma opinião mil vezes melhor. Pediu-me também que o informasse melhor sobre a Inglaterra, para saber se havia nesse país algo que pudesse ser imitado em seu reino.

Fiquei muitíssimo satisfeito com semelhante pedido. Como desejei ser um orador como Cícero ou Demóstenes, para falar de minha pátria tão bem como mereciam suas qualidades e virtudes! Sendo apenas Lemuel Gulliver, marinheiro e cirurgião, pensei um pouco e comecei meu discurso.

Disse-lhe que nossos Estados eram formados por duas ilhas e três poderosos reinos governados por um único soberano, além de nossas plantações na América. Falei sobre a fertilidade do solo e a suavidade do clima; expliquei-lhe a composição do Parlamento inglês, formado de uma corporação ilustre denominada Câmara dos Pares, pessoas do sangue mais nobre e donos das maiores propriedades inglesas.

Falei da cuidadosa educação nas artes e nas armas que recebiam esses aristocratas, tornando-os aptos a serem conselheiros do rei e do reino; a participarem da legislatura; a serem membros da mais alta corte judiciária do país; a se mostrarem sempre dispostos a defender a pátria com valor e fidelidade.

Afirmei também que eram o sustentáculo do reino e que não desmereciam seus antepassados, tendo herdado destes todas as virtudes que haviam tornado famosos os antigos lordes ingleses. A eles se reuniam várias pessoas muito santas que atendiam pelo título de bispo; estas pessoas, procuradas pelos reis entre as que mais se haviam distinguido pela santidade de sua vida e pela profundeza de sua erudição, eram os pais espirituais do clero e do povo.

O rei me ouvia com toda a atenção. Acrescentei que a outra parte do Parlamento era formada pela Câmara dos Comuns, cujos membros eram todos cavalheiros importantes, livremente escolhidos e eleitos pelo povo, por seus grandes méritos e amor à pátria. A Câmara dos Comuns e a Câmara dos Pares representavam a sabedoria da nação, enfeixando, juntamente com o rei, todo o poder legislativo.

Falei então dos tribunais de Justiça e dos juízes, veneráveis sábios e fiéis intérpretes da lei, que castigavam o vício e protegiam a inocência; discorri sobre a prudente administração de nosso tesouro e sobre os feitos de nossas forças marítimas e terrestres. Não esqueci também os esportes e passatempos mais comuns na Inglaterra, concluindo com um resumo dos sucessos ingleses em todos os setores nos últimos cem anos.

Quando terminei, o rei consultou as notas que havia tomado e expôs suas dúvidas e objeções.

Quis saber qual era o método que usávamos na educação física e mental dos jovens ingleses; o que fazíamos para preencher o lugar deixado vago na Câmara dos Pares quando uma família nobre se extinguia; que qualidades eram necessárias a um lorde para ser nomeado para essa Câmara; se o humor do rei, uma quantia em dinheiro oferecida a determinada dama da corte ou o desejo de fortalecer um partido contrário aos interesses do povo já haviam determinado, alguma vez, essas nomeações.

– Tais lordes conhecem em profundidade as leis do país? – continuou o rei perguntando. – Estão livres da avareza, da parcialidade e das necessidades? A meu ver, só assim resistirão ao suborno pelo qual são provavelmente tentados. Quanto aos santos varões de que falou, os bispos, nunca serviram simplesmente aos interesses políticos de algum nobre ou foram tolerantes com as baixezas da aristocracia?

O rei tomou um gole de vinho do copo de prata trabalhada e continuou:

– Um homem com a bolsa cheia de dinheiro não conseguiria convencer os eleitores a elegê-lo, em vez de a um outro com maiores virtudes? Por que os ingleses lutavam tanto para ingressar na Assembleia, já que o senhor mesmo admite ser ela uma fonte constante de trabalho e despesas, não recebendo eles por essa tarefa nenhum salário? Muito estranho. Tanto, que me ponho a duvidar da sinceridade desses nobres, achando que se recompensam de todos os gastos e trabalheiras sacrificando o bem público aos interesses de um rei fraco ou de um ministério corrupto.

Após me bombardear com várias objeções e dúvidas sobre o assunto, Sua Majestade perguntou-me como funcionavam os tribunais de Justiça, o que pude explicar-lhe melhor, pois quase me arruinara devido a um processo na Chancelaria. Quis saber quanto tempo se gastava – em média – para distinguir-se quem tinha razão de quem não tinha, e se tal coisa saía cara. Se os advogados defendiam causas sabidamente injustas ou opressivas. Se algum partido político ou religioso pesava na balança da Justiça, se os advogados já haviam – em diferentes ocasiões – defendido e acusado a mesma causa, se recebiam alguma recompensa pecuniária em suas atividades. Perguntou-me também, com muito interesse, se os advogados eram alguma vez admitidos como membros da Câmara Baixa.

Em seguida, o rei mostrou um grande espanto em relação às finanças do Estado da Inglaterra.

– Pela primeira vez – disse ele – ouvi falar em semelhante disparate, pois, segundo o que me disse, seu país tem uma renda de cinco ou seis milhões por ano. Ora, como é possível – segundo seus cálculos – que esse mesmo país gaste o dobro do que arrecada?

Ficou também assombrado com nossas despesas em guerras tão caras e complicadas. Certamente havíamos de ser um povo de maus bofes e muito rixoso; ou então viver entre vizinhos briguentos, sem caráter, com os quais seria impossível conviver. Surpreendeu-se quando lhe falei de um exército permanente, em tempo de paz e no meio de um povo livre. Se éramos governados por representantes escolhidos por nós mesmos, a quem temíamos e contra quem haveríamos de lutar?

Eu estava abatido e desanimado com as dúvidas do rei, mas Sua Majestade não me largava. Riu-se muito de que o governo nada fizesse contra aqueles que divulgavam ideias prejudiciais ao público, pois, embora o que estivesse na cabeça de cada um pertencesse a este, não entendia a tolerância do Estado quando tal pessoa pretendia contaminar o povo.

– E o jogo? – continuou o rei. – Com que idade costumam praticar os nobres esse passatempo? Não são roubados por pessoas inescrupulosas? Os próprios nobres nunca roubam, pressionados pela falta de dinheiro e pela ruína que muitas vezes os ameaçam?

O rei ficara totalmente perplexo com o resumo dos principais acontecimentos da história inglesa nos últimos cem anos que eu lhe fizera. Afirmou serem um amontoado de conspirações, revoltas, assassínios, chacinas, avareza, hipocrisia, crueldade, ira, ódio, inveja, lascívia, maldade, ambição e loucura.

Eu estava completamente arrasado.

– Meu caro Grildrig – disse o rei, tomando delicadamente minha mão –, o senhor fez o mais admirável elogio à Inglaterra. Provou que a ignorância, a ociosidade e o vício são as qualidades indispensáveis para a formação de um legislador; que as leis são melhor interpretadas e aplicadas exatamente por aqueles que têm interesse em pervertê-las, confundi-las e iludi-las. Não me parece que em seu país haja a mais leve intenção de premiar a virtude; ou de promover os sacerdotes pela piedade ou saber que cada um possua; ou aos soldados pelo procedimento ou valor. Na Inglaterra, segundo o que entendo de seu relato, não se exige integridade aos juízes ou amor à pátria aos senadores.

– Felizmente – concluiu o rei – o senhor passou boa parte da vida viajando, o que lhe permitiu escapar a muitos vícios de seu país. Mas pelo que consegui entender, constato serem os ingleses a mais sórdida e perniciosa raça de insetos que a natureza já permitiu rastejassem na superfície da Terra.

Capítulo 7

O AMOR DO AUTOR POR SEU PAÍS.
FAZ UMA EXTRAORDINÁRIA PROPOSTA AO REI,
QUE A RECUSA. A IGNORÂNCIA DO
REI EM MATÉRIA DE POLÍTICA É ENORME.
A CULTURA IMPERFEITA E LIMITADA DE
BROBDINGNAG. SUAS LEIS E COSTUMES.

O amor pela verdade obriga-me a contar as conversações que tive com o rei sobre a Inglaterra; esse mesmo amor, porém, fez com que eu defendesse meu país, ao vê-lo tratado com tanto desprezo e injustiça. Iludi habilmente a maior parte das perguntas e dei, de cada ponto em discussão, a visão mais favorável possível.

Contudo, não obtive êxito. Mas é necessário desculpar um rei que vive completamente isolado do resto do mundo, desconhecendo os usos e costumes das outras nações. Tal desconhecimento provocará sempre muitos preconceitos e uma grande estreiteza de ideias. Por isso, não seria justo aceitar as regras desse príncipe como o padrão para toda a humanidade.

Para confirmar o que acabo de dizer, narrarei aqui uma passagem na qual o leitor dificilmente acreditará, embora seja a fiel expressão da verdade: na esperança de conquistar ainda mais as boas graças de Sua Majestade, falei-lhe de um pó descoberto há uns trezentos ou quatrocentos anos que, em contato com uma pequena chama, levaria pelos ares uma montanha com estrondo. Uma certa quantidade desse pó – continuei – introduzida num tubo oco de bronze ou ferro lançaria uma grande bola de ferro com tanta violência e velocidade que nada poderia resistir à sua força.

– Essas bolas – disse eu para o rei – têm capacidade para destruir de um só golpe fileiras completas de um exército, rebentar muralhas, afundar navios, esmagar grande quantidade de marinheiros e mil outras coisas semelhantes. Na Europa, costumávamos pôr esse pó dentro de bolas ocas de ferro que, atiradas por meio de um engenho, o canhão, destroçavam as pontes, faziam as casas em pedaços e arrebentavam os miolos de quem estivesse por perto.

Acrescentei que conhecia muito bem os ingredientes – comuns e baratos – que compunham o tal pó. E se Sua Majestade quisesse, eu poderia dirigir os trabalhadores na feitura dos grandes tubos necessários ao lançamento das balas. Vinte ou trinta desses tubos carregados poderiam destruir uma cidade e dizimar seus habitantes ante a menor desobediência a qualquer ordem de Sua Majestade.

O rei me olhava completamente horrorizado, o que me fez emudecer na hora. Em compensação, ele se pôs a falar, dizendo-se pasmo de que um vil inseto como eu pudesse expor ideias cruéis e desumanas com tanta familiaridade; que – coisa monstruosa! – eu não me mostrara nem um pingo comovido ante as carnificinas narradas; certamente, a criatura que inventara o canhão e as balas devia ser um inimigo da humanidade, e como tal, enjaulado e privado da palavra, a fim de não prejudicar ainda mais o mundo. Concluiu dizendo ser um entusiasta de novidade; mas que preferia perder metade do reino a tomar conhecimento dos ingredientes desse pó. Proibiu-me, com a catadura fechada, de falar novamente desses engenhos infernais.

Eu estava espantadíssimo e até mesmo chocado com a mentalidade estreita do rei. Recusava um segredo que o teria feito senhor absoluto das vidas, liberdades e fortunas de seu povo, e talvez mesmo dos países vizinhos! Acho, porém, que atitude de Sua Majestade nascia pura e simplesmente da ignorância por não haverem os brobdingnadeses transformado a política em ciência, como tinham feito as mentes iluminadas da Europa.

O desconhecimento que o rei demonstrava sobre todos os hábitos civilizados o fez um dia torcer o nariz, quando lhe falei da grande quantidade de livros escritos na Inglaterra sobre a arte de governar. Declarou detestar e desprezar todos os mistérios, intrigas e requintes tanto num rei como num ministro. Reduziu a ciência de governar a limites acanhadíssimos, querendo que ela dependesse exclusivamente do bom senso, da razão, da justiça e da benevolência. E afirmou, também, que quem fizesse crescer duas espigas de milho num campo onde antes crescia apenas uma era mais importante para seu país do que toda a cambada de políticos reunida.

A verdade é que este povo não tem muita cultura. Aprende ele unicamente moral, história, poesia e matemática – das quais tem um domínio excelente. A matemática é aplicada apenas em coisas úteis, o que a faria muito pouco apreciada entre nós. Foi totalmente impossível colocar-lhe especulações abstratas na cabeça.

Em Brobdingnag, nenhuma lei pode exceder em palavras o número de letras do alfabeto local, que são apenas vinte e duas. Escritas de forma clara e simples, não há perspicácia que consiga descobrir nelas mais de uma interpretação.

Conhecem a imprensa desde tempos remotíssimos, mas suas bibliotecas não são muito grandes: a do rei, que é a maior de todas, não ultrapassa os mil volumes. O carpinteiro da rainha imaginara um método para que eu pudesse ler: construíra uma espécie de tablado que subia e abaixava por meio de cordas; encostava-se na parede o livro que eu desejava aberto na primeira página. Eu subia ao tablado, principiando no alto da página e andando oito ou dez passos da esquerda para a direita. Ao final da linha, manobravam as cordas abaixando o tablado, e eu lia as novas linhas que a manobra me permitia. Era fácil virar as páginas, por serem tão grossas e duras como papelão.

O estilo deles é claro, sem nada de florido. Evitam escrever palavras desnecessárias ou variar as expressões.

Achei especialmente curioso um de seus livros que versava sobre moral. "O homem – dizia o escritor – é um ser diminuto e desprezível, incapaz de defender-se das tempestades ou da fúria dos animais ferozes; quantas criaturas eram muito mais fortes, rápidas e trabalhadoras que ele. A natureza degenerara bastante, pois agora só produzia uns abortozinhos ao invés dos homens grandes e fortes de antigamente."

Continuava ele: "É claro que a espécie humana fora a princípio muito mais alta e resistente – tal coisa sendo provada pelos grandes ossos e crânios encontrados em diversas partes do reino. As próprias leis da natureza exigem que sejamos mais robustos e não tão frágeis e sujeitos à destruição; só mesmo uma grande decadência da raça humana faz com que uma telha nos possa rachar o crânio; ou o tombo num riacho nos afogue." Pensei com meus botões que, para eles, eu devia ser realmente um verme.

O exército real é composto de cento e setenta e seis mil homens da infantaria e trinta e dois mil da cavalaria, sendo formado por comerciantes e lavradores, e comandados por nobres. Nenhum deles recebe soldo, ou qualquer tipo de recompensa. Apesar de manterem uma disciplina perfeita, tais soldados são muito pouco utilizados.

Eu achava intrigante que um povo pacífico e sem vizinhos tivesse organizado um exército. Mais tarde compreendi: no decorrer dos séculos, os brobdingnagueses foram atacados pela mesma doença que atinge todos os países; a nobreza a lutar pelo poder, o povo, pela liberdade, e o rei, pelo domínio absoluto. Apesar das leis simples e práticas do lugar, houve três guerras civis, coisa que, a partir do avô de Sua Majestade atual, felizmente nunca mais ocorrera.

Capítulo 8

O REI E A RAINHA FAZEM UMA VIAGEM À
FRONTEIRA, ONDE O AUTOR OS ACOMPANHA.
DE QUE MODO CONSEGUE O AUTOR
REGRESSAR À INGLATERRA.

Apesar de bem tratado em Brobdingnag, meu sonho secreto era retornar à Inglaterra, embora tal coisa me parecesse dificílima.

O rei considerava minha permanência um fato definitivo: dera mesmo ordens rigorosas para vigiarem as costas do país, pois tencionava casar-me com uma mulher de meu tamanho e esta só poderia chegar de navio, como Lemuel Gulliver. Eu, entretanto, preferia morrer a deixar filhos criados em gaiolas, como canários mansos, e talvez até vendidos mais tarde a outros fidalgos do reino.

Todos me queriam bem na corte, mas eu não conseguia esquecer a mulher e os filhos que deixara na terra distante. Desejava também viver entre gente do meu tamanho, andar nas ruas sem o medo de ser pisado e morto como um sapo.

Há dois anos eu habitava aquele país. No princípio do terceiro, o rei e a rainha decidiram fazer uma viagem à costa sul do reino, hospedando-se na cidade denominada Flanflasnic. Levavam com eles Glumdalclitch e a mim, transportado na caixa. Durante o percurso, eu apanhara um resfriado, mas a pobre menina sentia-se tão mal que foi obrigada a permanecer no quarto. Tive imediatamente uma ideia: fingi estar mais doente do que estava na realidade, declarando que só o ar fresco do mar melhoraria meu estado.

Glumdalclitch não gostou, relutando muito em entregar-me a um pajem amigo meu para o passeio. Chegou até mesmo a chorar, como se previsse o que ia acontecer, mas como era para o bem de seu querido Grildrig acabou concordando. Depois de receber ordens severas sobre o cuidado que deveria ter comigo, o pajem levou-me até a praia.

Mandei-lhe que pusesse minha caixa no chão. Depois, abri a janela e olhei longamente o oceano: a tristeza me tomou quando vi o movimento e o ruído das ondas, único caminho possível de minha fuga. Após uma boa meia hora de contemplação, comecei a me sentir realmente mal. Disse então ao pajem que ia dormir. Deitei-me e o menino fechou a janela, para que a umidade não me molestasse.

Eu dormia profundamente quando, de súbito, um choque violento me acordou. Senti a caixa erguida a grande altura e transportada numa velocidade prodigiosa. Gritei como um desesperado, mas de nada adiantou. Recuperando o fôlego, arrastei-me até a janela e abri-a ligeiramente – vi apenas o azul do céu e algumas nuvens brancas.

Um barulho acima de minha cabeça e um ruflar de asas puseram-me a par da situação: eu estava suspenso por uma argola do bico de uma águia. Apavorado, senti que meu fim estava próximo. Morreria afogado no oceano quando o pássaro me largasse ou seria devorado por ele como qualquer minhoca comum, depois que a casa fosse espatifada contra um rochedo.

Quando o ruído das asas aumentava, eu era ainda mais sacudido de um lado para outro; ouvi diversas pancadas e golpes, agarrando-me com unhas e dentes à cama atarraxada que resistia.

De súbito, a águia me soltou: caí numa velocidade vertiginosa que praticamente me cortou a respiração. Um choque terrível interrompeu a queda vertical, sendo eu lançado com estrondo quase até o teto da casa. A seguir, esta sofreu um grande impulso para cima e percebi que havia caído no mar. Pensei com grande tristeza que morrer afogado não seria um fim tão estranho para Lemuel Gulliver, cirurgião e marinheiro. O medo, entretanto, continuou a roer-me de forma selvagem, à medida que as ondas atiravam violentamente a casa de um lado para outro. Reforçada com placas de ferro, a madeira suportava os choques com valentia, não permitindo também muita infiltração de água. Provavelmente o pássaro fora perseguido por outro, sendo obrigado a largar-me para melhor se defender.

Resolvi abrir um alçapão que havia no teto para respirar, pois me sentia quase asfixiado. Quanto desejei estar perto da suave Glumdalclitch e de seus cuidados! Não havia muito tempo que eu me afastara dela e, apesar de me saber perto da morte, não pude deixar de pensar na sorte da pobre menina: a rainha ficaria provavelmente furiosa com a minha perda, culpando Glumdalclitch do ocorrido.

Agarrado a uma cadeira fixa, pensei nas horríveis possibilidades que o destino me reservava: a caixa poderia despedaçar-se a qualquer momento; uma onda mais forte poderia virá-la de cabeça para baixo, o que a encheria de água; e, mesmo escapando a tais perigos, era quase certo que morresse de fome dali a poucos dias.

Meu desespero crescia à medida que as horas iam passando; via pelas janelas – e com terror – a luz principiar a desaparecer.

De repente, um ruído inexplicável do lado de fora da caixa me despertou atenção: era como se algo estivesse raspando os lados onde estavam presas as argolas. Súbito, senti um puxão bem forte e senti a casa se deslocar através da superfície da água, pois notei as ondas encobrindo as janelas. Meu coração pôs-se a bater loucamente na esperança de que algum socorro estivesse próximo, embora sem imaginar o que poderia me ajudar em tal momento.

Desatarraxando uma das cadeiras, subi em cima dela e, colocando a boca o mais perto possível do alçapão, gritei por socorro em todas as línguas que conhecia. Depois desci, amarrei meu lenço na ponta da bengala e introduzindo-a pelo orifício sacudi-a várias vezes, a fim de chamar a atenção do bote ou navio que talvez estivesse me rebocando.

Para minha aflição, nada disso deu resultado. A caixa, contudo, continuou a deslizar sobre a água durante muito tempo, até que o lado sem janelas bateu contra uma coisa dura. Felizmente estava bem agarrado à cama, senão teria batido com a cabeça num dos cantos de madeira pela violência do choque.

A seguir, ouvi claramente um ruído à altura das argolas, como o de um cabo passando através delas. Senti então a casa sendo erguida lentamente, o que me animou a fazer novos sinais com a bengala e gritar por socorro até ficar rouco.

Ah, com que felicidade ouvi o barulho de passos sobre a minha cabeça e uma voz forte gritando em inglês: "Se estiver alguém aí embaixo, que fale!" Respondi louco de alegria que era um inglês exposto a tal situação por um destino cruel e implorei que me libertasse daquela masmorra. A voz replicou que eu estava seguro pelas argolas a seu navio; e que mandaria o carpinteiro serrar um buraco suficientemente grande pelo qual eu pudesse passar.

Expliquei então que tal coisa era inútil: bastava que um dos tripulantes enfiasse o dedo numa das argolas, transportando a caixa para o navio. Ouvindo isso, os marinheiros que tinham vindo no bote até a caixa puseram-se a rir, certos de que a desgraça me transtornara a cabeça. Eu, que desconhecia o motivo dos risos, fiquei num grande desânimo ante a crueldade de meus salvadores; se riam numa hora tão séria, o que não seriam capazes de fazer quando tudo se mostrasse ameno! Por certo me jogariam aos tubarões sem pensarem duas vezes.

De súbito, compreendi: em poucos minutos o carpinteiro serrou uma passagem e me vi, perplexo, diante de homens de minha própria altura. Fui levado para o navio em estado de extrema fraqueza e lá interrogado pelo Capitão Thomas Wilcocks diante da tripulação curiosa. Vendo o capitão que eu estava a ponto de desmaiar, deu-me um copo de vinho e fez-me deitar em sua própria cama. Exausto, só me lembro de haver recomendado não se desfazerem de minha caixa, cheia de móveis valiosos, antes de mergulhar num sono profundo. Embora achando que eu delirava, o capitão mandou alguns de seus homens verificarem o que havia em minha prisão flutuante. Retiraram então todos os móveis e despregaram o bonito acolchoado de seda branca das paredes, chão e teto; aproveitaram também algumas boas tábuas para consertos no navio, após o que puseram a pique o resto da carcaça.

Despertei cerca de oito horas da noite sentindo-me muito melhor. O capitão ordenou que me servissem o jantar, que devorei com o apetite de um lobo, pois havia muitas horas que não comia sequer uma migalha. Depois, vendo-me bem disposto e descansado, o capitão revelou-me que eu fora recolhido por um acaso milagroso: resolvendo olhar por seu óculo de alcance, dera com algo que à primeira vista lhe pareceu uma vela; decidiu então aproximar-se do barco para comprar biscoitos, pois os do navio já começavam a escassear. Pouco depois viu que se enganara: mandou então um bote com seus homens para verem que espécie de coisa seria aquela.

Rira muito quando os marinheiros lhe disseram que a tal coisa era nada mais nada menos que uma casa flutuante. Achara isso um disparate, resolvendo ele próprio embarcar no bote e ver de perto a engenhoca. Lá chegando, teve a grande surpresa de constatar que seus homens tinham razão. Ordenou então que amarrassem a casa ao navio; pouco depois, minha bengala com o lenço na ponta chamara a atenção de todos. O resto da história eu conhecia, concluiu, acendendo o cachimbo.

Por curiosidade, perguntei-lhe se havia visto algum pássaro gigantesco nas proximidades da casa. O capitão respondeu-me que notara realmente duas águias voando para o norte, mas eram pássaros comuns, sem nada de gigantescos. Não entendeu a minha pergunta, pensando que o medo e o cansaço decorrentes do perigo me haviam perturbado; fiquei ainda mais perplexo quando me disse estarmos a umas cem léguas e lhe retruquei ser isso impossível, visto ter eu deixado o país de onde viera havia relativamente pouco tempo.

O capitão, preocupado, sugeriu que eu tornasse a descansar, mas assegurei-lhe que me encontrava muito bem disposto e em meu perfeito juízo. Pedi-lhe também que tivesse paciência para ouvir minha história desde a última vez que eu saíra da Inglaterra até quando me recolhera.

Depois que acabei de falar, o bom homem se convenceu da veracidade de minhas palavras. Entretanto, para confirmar totalmente minha história, fui até à escrivaninha que haviam trazido da casa e, tirando uma chave do bolso, abri-a em sua presença. Mostrei ao capitão todas as curiosidades que possuía, como o pente com os pêlos de barba do rei, uma coleção de agulhas e alfinetes gigantes, quatro ferrões de vespa, alguns cabelos da rainha, um anel de ouro que ela havia me dado colocando-o solenemente à volta de meu pescoço etc. Mostrei-lhe também os calções que eu vestia, feitos de pele de rato. O capitão mostrou-se fortemente impressionado, e diante de tudo aquilo nada pôde fazer senão acreditar de fio a pavio em minha história. Aconselhou-me também que eu a pusesse em livro, para que o público tomasse conhecimento de coisas tão fantásticas.

Pediu-me que lhe desculpasse a impertinência, mas queria saber por que motivo falava eu tão alto, uma vez que, perto como estávamos, não havia a mínima necessidade disso. Os habitantes de Brobdingnag não ouviam bem?

Expliquei-lhe que me habituara de tal modo a elevar a voz para ser ouvido nesses dois últimos anos, que ainda não encontrara o tom normal. Para mim soava também muito estranho ouvir o capitão e a tripulação falarem quase sussurrando, embora eu os ouvisse perfeitamente. Confessei-lhe também que, à primeira vez diante dos marinheiros, eles me haviam parecido seres minúsculos e desprezíveis, depois de ter os olhos acostumados aos gigantes brobdingnagueses.

Achei muito engraçada a refeição seguinte, ao ver os homens comerem em pratos do tamanho de uma moeda de três *pence** uma perna de porco que mal dava para um bocado, e um copo menor do que uma casca de noz. O capitão compreendeu muito bem meus gracejos e comentários, rindo-se também comigo.

Rumamos para o sul durante muito tempo. Depois, costeando a Nova Holanda, conservamos a direção sudoeste até dobrarmos o cabo da Boa Esperança. A viagem foi tranquila, e, após fazermos escala em dois portos para obter água e provisões, chegamos à Inglaterra a 3 de junho de 1706.

Quis deixar minha mobília ao capitão como pagamento da viagem, mas ele nada quis aceitar, emprestando-me ainda dinheiro suficiente para que eu chegasse até em casa.

No caminho ocorreu-me uma impressão curiosa: observando como eram pequenas as casas, árvores, animais e pessoas, comecei a julgar-me em Lilipute. Tinha medo de pisar em cada viajante que encontrava, gritando muitas vezes para que saíssem de minha frente. Graças aos meus berros de aviso – que todos tomavam por impertinência – por pouco não tive a cabeça rachada como um coco pelos transeuntes.

Ao chegar em casa, abaixei-me para entrar – como um ganso debaixo de um portão – temendo bater com a cabeça na bandeira da porta. Quando minha mulher correu para abraçar-me, agachei-me, pensando que de outro modo ela não conseguiria beijar-me na boca. Olhei para meus filhos, amigos e criados de cima para baixo, como se fossem pigmeus e eu um gigante. Ralhei com minha mulher por ter sido tão econômica, pois parecia-me que ela e as crianças haviam encolhido de tamanho devido à fome.

---

* Plural de pêni, moeda inglesa equivalente à duodécima parte do xelim. (N. do E.)

Em resumo, disse tantos absurdos e comportei-me de maneira tão louca que todos me julgaram maluco. E não posso deixar de acrescentar aqui que a grande força do hábito e os preconceitos nos fazem muitas vezes deformar e alterar o que vemos. Isso entrou em minha cabeça à medida que ia voltando ao normal e tornava a ver minha terra e seus habitantes como deveriam ser vistos.

Minha mulher, coitada, havia se assustado tanto com minhas atitudes que, para tranquilizá-la, declarei que a vida do mar, para mim, era coisa do passado. Mas o que poderia eu fazer diante do destino? Este determinara de modo diferente, nem as súplicas de minha mulher nem o choro de meus filhos conseguiram demovê-lo, como o leitor verá mais adiante. A Lemuel Gulliver, cirurgião e marinheiro, só restava obedecer. E foi o que fiz.

TERCEIRA PARTE

Viagem a Laputa, Balnibarbi, Glubbdubdrib, Luggnagg e ao Japão

Capítulo 1

EMBARCA O AUTOR EM SUA TERCEIRA VIAGEM
E É PRESO POR PIRATAS.
MALDADE DE UM HOLANDÊS.
CHEGA A LAPUTA.

Dez dias após minha chegada, recebi a visita do Capitão William Robinson, comandante do *Hopewell*, sólido navio de trezentas toneladas.

Conhecia-o há muito tempo, pois eu já fora cirurgião de um navio comandado por ele numa viagem que fizemos ao Oriente. Tínhamos ótimas relações um com o outro, e o capitão sempre me tratara mais como a um irmão do que exatamente como a um oficial subalterno.

Sabendo de minha chegada, fez-me uma visita de cortesia e conversamos longamente sobre as aventuras pelas quais desgraçadamente eu havia passado. Entretanto, como viesse ver-me quase todos os dias, logo notei que o Capitão Robinson estava pretendendo alguma coisa. Dito e feito: ao fim do quarto dia, disse-me o capitão que ficava contente ao ver-me estabelecido para o resto da vida.

– Contudo – continuou ele – apreciaria muito se me acompanhasse na viagem que farei daqui a dois meses às Índias Orientais, pois sua experiência de médico e marinheiro muito me ajudaria naqueles mares.

Meu salário passaria a ser o dobro do habitual, animou-me o capitão, além de haver outras vantagens se eu aceitasse o convite.

Não fosse Lemuel Gulliver tão fraco e teria dito um "não" bem redondo e sonoro a Robinson. Mas nada pude fazer senão convencer minha esposa de que a viagem seria um bom negócio para os nossos filhos, em proveito dos quais eu receberia a polpuda soma.

Partimos no dia 5 de agosto de 1706 e chegamos ao Forte St. George a 11 de abril de 1707. Dali seguimos para Tonquim, onde o capitão carregou uma chalupa de mercadorias e, nomeando-me comandante dela, pediu-me que negociasse com os habitantes do lugar. As coisas, no entanto, se desenrolaram muito diferentes, pois a chalupa, atingida por uma tempestade, foi arrastada para muito longe durante cinco dias. Depois disso o tempo melhorou, mas outro desastre estava a caminho: perseguida por um navio pirata, nossa embarcação carregada de mercadorias nada pôde fazer.

Os piratas subiram então a bordo da chalupa, tão furiosos e temíveis que assustariam ao homem mais valente da face da terra. Um deles, vendo que éramos ingleses, deu a entender através de uma mistura de holandês e inglês que devíamos ser amarrados e lançados ao mar. Nosso coração pôs-se a saltar dentro do peito. Como falava razoavelmente o holandês, resolvi rogar-lhe que tivesse piedade de nós, pois éramos cristãos, protestantes e súditos de um país estreitamente aliado ao dele. Para quê! O homem multiplicou suas ameaças por dez e, voltando-se para os companheiros, falou-lhes rapidamente em japonês, empregando muitas vezes a palavra *christianos*.

Para sorte nossa, quando a situação ia de mal a pior aproximou-se o capitão, um japonês que falava holandês, e após várias perguntas declarou que "não morreríamos". Agradeci sua clemência e, virando-me para o holandês, disse-lhe achar lamentável encontrar mais piedade num pagão do que num cristão. Antes ficasse de boca fechada: o homem, furioso, tentou de todos os modos convencer o capitão a me lançar ao mar. O japonês não quis voltar atrás de sua promessa de que não morreríamos, mas inventou para mim um castigo pior: colocou-me numa pequena canoa com remos e uma vela, com provisões para oito dias. Apesar disso, o holandês continuou me amaldiçoando com todas as forças do alto do convés até que minha canoa ficasse fora do alcance de sua voz.

Quando me distanciei o bastante, descobri com a luneta de bolso várias ilhas a sueste. Com vento favorável, consegui alcançar uma delas em mais ou menos três horas: em sua superfície rochosa, encontrei ovos de pássaro, que cozinhei e comi, decidido a poupar o máximo os víveres que trazia. Dormi aquela noite ao abrigo de uma rocha e, acordando, continuei viagem.

Assim fui de ilha em ilha até chegar no quinto dia finalmente à última, distante da penúltima umas boas cinco horas. Tive de contorná-la quase toda para descobrir uma enseada onde pudesse desembarcar, pois a costa da ilha era formada praticamente só de penhascos. Após haver jantado, não me esqueci de recolher os ovos que encontrei no solo, para refeições futuras. Trazia comigo pederneira, fuzil, mecha e uma lente convexa para concentrar os raios de sol.

Escolhendo uma gruta que me parecia mais habitável, fiz uma cama de relva e folhas secas e deitei-me para dormir. Contudo, a preocupação pela minha sorte venceu o cansaço e passei boa parte da noite acordado, pensando no fim tenebroso que teria, comendo ovos de pássaro e rodeado pela solidão do mar. Entretanto, permaneci deitado, de tal maneira me sentia deprimido com o futuro que me esperava: o mundo poderia acabar naquele dia que Lemuel Gulliver não levantaria um dedo para salvá-lo.

Tão apático me sentia que o sol já brilhava há muito tempo no céu quando resolvi sair da gruta. Caminhei pela rochas a passo lento, molestado pelos raios excessivamente fortes que atingiam meu rosto. De súbito, o sol foi encoberto, mas de um modo tão rápido e total que não parecia aquele fenômeno causado por uma nuvem. Virei-me, assustado com o estranho fenômeno, e percebi um grande corpo opaco que se interpunha entre mim e o sol; parecia flutuar a cerca de duzentas milhas de altura. Depois, começou a descer no sentido horizontal, permanecendo a uma milha de distância aproximadamente.

Eu estava assombrado e ainda mais fiquei quando, através de minha luneta, consegui ver perfeitamente inúmeras pessoas descendo e subindo pelos bordos em declive da "coisa". Seu fundo era chato, liso e muito brilhante. De repente, percebi o que estava vendo: tratava-se pura e simplesmente de uma ilha suspensa, habitada por homens capazes de levantá-la e abaixá-la de acordo com a sua vontade.

Boquiaberto, vi a ilha aproximar-se ainda mais, quando pude notar as escadas e galerias que a rodeavam. Na galeria inferior, havia algumas pessoas pescando, o que me fez recobrar a alegria: lá estava a oportunidade de ser visto e ajudado por aquela gente voadora!

Agitei as mãos freneticamente e gritei com todas as forças de meus pulmões. Logo depois notei uma pequena multidão reunida na parte da ilha em frente a mim: vários me apontavam com o dedo, o que me tranquilizou, fazendo-me parar de berrar. Havia sido descoberto. Notei também que quatro homens subiam apressadamente as escadas, desaparecendo no interior da ilha, com certeza para avisar alguma autoridade.

O rebuliço na ilha aumentou de maneira extraordinária; a grande massa de terra desceu ainda mais, ficando a menos de cem jardas de distância. Agora via todos muito bem. Levantando a voz, pronunciei algumas palavras em minha língua, contando a necessidade que tinha de auxílio por parte daquela boa gente.

Algumas pessoas que pelos trajes e distinção pareciam exercer autoridade sobre os demais consultaram-se gravemente. Depois, um deles falou algumas frases num dialeto agradável e suave, cujo som muito se assemelhava ao do italiano. Esperançoso, respondi nessa língua, mas não me compreenderam. Entenderam, contudo, minha necessidade de ajuda, pois a aflição em que me encontrava era visível.

Fizeram sinais para que eu descesse até à praia, o que fiz prontamente; colocaram então uma das bordas da ilha exatamente sobre mim, sendo descida uma corrente da galeria inferior, com um assento preso à extremidade. Sentei-me nele e fui recolhido lentamente pelos habitantes da ilha para o estranho lugar.

Capítulo 2

CARÁTER DOS LAPUTIANOS.
O REI, A CORTE E OS SÁBIOS.
RECEPÇÃO FEITA AO AUTOR.
RECEIOS E INQUIETAÇÕES DOS HABITANTES.
AS MULHERES LAPUTIANAS.

Assim que cheguei, fui cercado por uma multidão que me contemplava com assombro. Eu também não lhes ficava atrás, pois nunca vira gente tão estranha e diferente da que eu estava acostumado a ver, tanto nos traços do rosto quanto nas maneiras e roupas que vestiam.

Tinham a cabeça inclinada ora para a direita, ora para a esquerda; um dos olhos era voltado para dentro, o outro virava-se para o céu. Seus trajes, esquisitíssimos, mostravam-se enfeitados com sóis, luas, estrelas, violinos, flautas, harpas, trombetas, guitarras, cravos e muitos instrumentos musicais totalmente desconhecidos para mim.

Reparei também em alguns homens de roupas bem mais simples que deviam ser os criados: traziam na mão uma espécie de chocalho de cabo longo com que batiam, de vez em quando, na boca ou no ouvido do cavalheiro mais próximo, coisa que absolutamente não consegui entender. Mais tarde me explicaram a razão dessa atitude: os laputianos andam sempre tão distraídos em meditações profundas que não podem falar nem ouvir ninguém se não forem despertados com uma pancadazinha do chocalho na boca ou na orelha. Todas as pessoas que podiam se dar a esse luxo tinham um criado particular encarregado especialmente disso, e nenhum cavalheiro que se prezasse saía sem tal acompanhante.

Também nos olhos dos fidalgos os criados batiam de vez em quando, pois, entregues a especulações complicadíssimas, aqueles nobres corriam o perigo de se despencarem em qualquer precipício ou se afogarem no primeiro lago encontrado no caminho, além do risco mais comum de baterem com a cabeça nos postes. Eu mesmo vi alguns que, distraídos e sem criado que os acordasse, atiravam os transeuntes à sarjeta ou eram atirados por eles ao mesmo lugar.

Conto isso ao leitor para que possa entender o procedimento assombroso dos laputianos: enquanto subíamos as escadas até o alto da ilha, os dois homens que me conduziam esqueceram-se várias vezes do que estavam fazendo e deixaram-me sozinho, até que foram despertados pelos batedores que traziam consigo. De tal modo pareciam indiferentes ao meu destino, à minha cara estranha e aos gritos da plebe, cujas reações e atitudes eram bem mais desembaraçadas.

Chegamos finalmente à sala do trono. O rei, sentado ante uma mesa repleta de globos, esferas e instrumentos matemáticos de toda espécie, não deu a mínima atenção à minha chegada, embora esta fosse acompanhada de barulhos causados por todas as pessoas da corte. O motivo é que Sua Majestade – profundamente mergulhado em seus pensamentos – tentava resolver determinado problema, e tivemos que esperar durante uma hora até que a solução fosse encontrada.

Vendo o rei com uma expressão ociosa no rosto, os dois pajens que o cercavam finalmente bateram-lhe na boca e nos olhos. O rei estremeceu como alguém subitamente despertado; depois, pronunciou algumas palavras e um dos batedores, colocando-se ao meu lado, deu-me uma leve pancada no ouvido direito com o chocalho. Expliquei por meio de sinais que tal coisa era inteiramente desnecessária para mim, o que

– segundo verifiquei depois – fez o rei formar um péssimo conceito de minha inteligência.

Sua Majestade me dirigiu várias perguntas no idioma suave e incompreensível que falava; eu tentei comunicar-me com ele em todas as línguas que conhecia: trabalho inútil. Vendo que eu não podia compreender nem ser compreendido, ordenou o rei que me dessem acomodações confortáveis no palácio e me servissem o almoço. Muito hospitaleiro, recomendou também que quatro fidalgos me fizessem companhia à mesa. A refeição – originalíssima – consistiu de diversos pratos: uma perna de carneiro cortada sob a forma de um triângulo equilátero, um pedaço romboidal de carne de vaca, um pudim cicloidal; depois vieram dois patos em forma de violino, salsichas e pudins que se assemelhavam a oboés e peito de vitela em forma de harpa. O pão era cortado em cones, cilindros, paralelogramos e outras figuras matemáticas. Foi, sem dúvida nenhuma, a refeição mais fantástica que Lemuel Gulliver já comeu em toda a sua vida.

Após o almoço, o rei enviou-me uma pessoa que, sobraçando papéis e livros, fora encarregada de ensinar-me a língua do país. Estudei durante quatro horas naquele dia e ao fim de uma semana consegui falar um pouco o laputiano graças à minha formidável memória.

Os fidalgos logo fizeram ver ao rei a feiúra de minhas roupas, o que me valeu a visita do alfaiate de Sua Majestade. O profissional usou um método bastante estranho para tomar minhas medidas: primeiro, calculou minha altura por meio de um quadrante; a seguir, com réguas e compassos, anotou as dimensões e os contornos de meu corpo. Eu olhava admirado o alfaiate, achando notável e muito sofisticado semelhante método. O único problema foi que, ao trazer-me depois as roupas já prontas, pude constatar que realmente era impossível vesti-las: estavam horríveis, malfeitas e disformes; em suma, um verdadeiro aleijão, pois o alfaiate se havia enganado num algarismo em seus cálculos. Tais acidentes, contudo, eram muito freqüentes, e os laputianos não lhes davam a mínima importância.

Devido a meus progressos na língua, pude entender inúmeras coisas que aconteciam em Laputa. O rei determinara que a ilha se movesse para nordeste, ficando diretamente acima de Lagado, a capital de Laputa, situada em terra firme. Nossa viagem até a capital durou quatro dias e meio, embora – por mais incrível que pareça – eu não tenha notado o deslocamento da ilha através dos ares.

Na segunda manhã da viagem, houve um grande concerto: o rei, os cortesãos e funcionários puseram-se a tocar vários tipos de instrumentos musicais durante três horas, fazendo tal barulho que por pouco não me ensurdeceu. Meu professor mostrou-se bastante espantado ao ver que a música me molestava tanto, afirmando, com uma ponta de decepção, que o povo da ilha tinha bom gosto e estava "acostumado à música das esferas".

Na viagem para Lagado, o rei ordenou que a ilha parasse sobre algumas cidades e aldeias, de onde pudesse receber as petições de seus súditos. Tais petições subiam até a ilha por meio de cordéis, manobrados pelos lá de cima.

Meus conhecimentos de matemática muito me ajudaram a compreender a língua dos laputianos, pois quase todas as suas frases tinham algo a ver com aquela ciência. Quando queriam elogiar a beleza de uma mulher ou de qualquer outro animal, descreviam-na sempre por meio de círculos, paralelogramos, elipses etc. Viam tudo através de linhas e figuras. Também cultivavam a música com entusiasmo: na cozinha do rei existia toda espécie de instrumentos matemáticos e musicais que serviam de modelos aos manjares do rei.

Apesar desse amor pela matemática, as casas de Laputa são horrivelmente construídas: tortas e sem nenhum ângulo reto, dando a impressão de que vão desabar sobre a cabeça do habitante nos próximos minutos. A razão disso é que os laputianos desprezam profundamente a geometria prática, considerando-a muito vulgar e mecânica. Como as instruções dadas por eles aos trabalhadores são muito abstratas e sutis, o resultado é que os pobres operários não os entendem. Assim, constroem os piores mostrengos que se podem imaginar: janelas que caem, portas que dão a lugar nenhum e coisas semelhantes.

Tal situação é agravada por ser o povo laputiano – geralmente ágil no manejo da régua e do compasso – o mais lento, desajeitado e confuso que já vi em minha vida no que se refere a tudo que não seja matemática ou música. Raciocinam mal e são muito teimosos quando se aferram a um ponto de vista. Também desconhecem totalmente a imaginação, a fantasia e a invenção, palavras que nem existem em sua língua.

Uma característica dos habitantes de Laputa que para mim parecia inexplicável era a paixão que todos sentiam pela política. Discutiam perpetuamente os assuntos públicos com o mesmo vigor, aliás, que eu já havia notado na maioria dos matemáticos europeus. Tal atitude me fez pensar com meus próprios botões que, quanto menos o ser humano entende de um assunto, maior é a sua curiosidade sobre ele e mais julga dominá-lo.

Os laputianos não têm um minuto de sossego, vivendo todos os dias numa eterna inquietação; têm medo de várias coisas estranhas, como por exemplo: de que a Terra se aproxime tanto do Sol que acabe sendo engolida por ele; de que a face do Sol se cubra de vapores e não forneça mais luz ao mundo; de que a Terra seja abalroada pelo próximo cometa, cuja vinda calculam para daqui a trinta e um anos; de que o Sol – gastando diariamente seus raios e sem ter onde se abastecer – acabe por esfriar de vez, o que significaria a destruição da Terra; e mil outras coisas semelhantes.

Sentem-se tão aterrorizados com essas possibilidades que não conseguem sequer dormir direito, nem aproveitam com a alma em paz as distrações e os prazeres da vida. Quando encontram um conhecido pela manhã, começam logo a comentar o aspecto do Sol, que tal parecia ele ao se pôr, que esperança haveria de se evitar o choque do próximo cometa. Estremecem de medo enquanto falam sobre tais coisas, mas nem por isso deixam de fazê-lo a cada dia.

As mulheres da ilha são extremamente vivas. Desprezam os maridos e gostam muito dos estrangeiros vindos do continente para tratar de negócios na corte. O mais curioso é que namoram os amantes nas barbas dos próprios maridos, pois estes estão sempre tão distraídos com alguma ideia que não prestam a mínima atenção ao que ocorre em torno. Para isso basta que tenham papel e instrumentos à mão e não tragam ao lado um batedor.

Contaram-me certa vez a história de uma dama de Laputa casada com o primeiro-ministro, homem riquíssimo, bonitão e muito apaixonado por ela. Viviam os dois no palácio mais luxuoso da ilha. Um dia, a pretexto de tratar da saúde, a mulher desceu a Lagado e lá permaneceu por tanto tempo que o rei ordenou que a procurassem. Encontraram-na maltrapilha, vivendo num casebre, depois de vender as joias para sustentar um velho lacaio disforme que a surrava diariamente. O primeiro-ministro recebeu de braços abertos a fujona, mas tempos depois ela tornou a desaparecer e nunca mais se teve notícias suas. O leitor pensará que tal história ocorreu foi na Inglaterra e não na ilha remota de Laputa. Engano. Os caprichos femininos não escolhem país ou povoado, sendo exatamente iguais em toda parte do mundo; e isto quem o afirma é Lemuel Gulliver, homem experiente e disposto a apostar até mesmo a própria casa de Redriff a quem quiser contradizê-lo.

Capítulo 3

FENÔMENO EXPLICADO PELOS FILÓSOFOS
E ASTRÔNOMOS MODERNOS.
O PROGRESSO DOS LAPUTIANOS NA ASTRONOMIA.
O MÉTODO DO REI DE SUFOCAR REVOLTAS.

Eu, é claro, estava curiosíssimo para saber através de que mecanismo os laputianos movimentavam sua ilha. Além de me conceder permissão para visitá-la, o rei ordenou que um de seus nobres me servisse de guia.

A ilha flutuante é perfeitamente redonda; seu diâmetro é de quatro milhas e meia mais ou menos, contendo uma superfície de dez mil acres. O fundo é formado por uma placa lisa de diamante, que mede umas duzentas jardas de altura e brilha como um farol. A ilha possui tudo que as ilhas normalmente têm, isto é, minerais no subsolo, vegetação e rios de água clara. No centro dela, existe uma abertura por onde descem os astrônomos até a *Flandona Gagnole* ou Cova dos Astrônomos. Nessa cova, escavada no bloco de diamante, brilham vinte lâmpadas que projetam uma luz fantástica para todos os lados. Ali se encontra todo e qualquer tipo de instrumentos relacionados à astronomia, como sextantes, telescópios, astrolábios e coisas semelhantes.

Na Cova dos Astrônomos está situado também o maior segredo da ilha – uma pedra magnética ou ímã, de prodigioso tamanho. Este ímã encontra-se suspenso por um grosso eixo de diamante que lhe passa pelo meio, e sobre o qual gira, estando equilibrado com tanta precisão que um leve impulso basta para movê-lo. É rodeado por um cilindro oco de diamante colocado horizontalmente, e sustentado por oito pés também de diamante. A pedra não pode ser mudada de lugar em hipótese alguma, pois o aro e os pés são uma continuação do bloco de diamante que constitui o fundo da ilha.

Em relação à Terra, o ímã possui um lado atrativo e outro repulsivo. Colocando-se o ímã com a ponta atrativa voltada para a Terra, a ilha desce; quando a extremidade repulsiva é virada para baixo, a ilha sobe; sendo oblíqua a posição do ímã, o movimento da ilha é oblíquo também. Para que se detenha, basta colocar-se a pedra magnética paralela ao horizonte.

Notei, além disso, que a ilha não pode subir a mais de quatro milhas, pois o magnetismo não vai além dessa distância. O mesmo magnetismo, que vem das entranhas da terra laputiana e do mar até uma distância de seis léguas, não atua além desses limites. Isso impede o rei de Laputa de dominar todos os países do globo, pois o obriga a manter sua ilha dentro dos mencionados limites.

A pedra-ímã é manobrada por certos astrônomos, que de tempos em tempos a movimentam segundo as ordens do rei. A quantidade de astrônomos existente no país é inacreditável: todo laputiano é um astrônomo em potencial, tendo em sua casa vários instrumentos com que espia diariamente o céu. Os estudiosos já fizeram um catálogo de dez mil estrelas fixas, enquanto nossos maiores conhecedores de astronomia só descobriram a terça parte desse número. Os laputianos registraram também noventa e três planetas diferentes, calculando seus períodos com uma precisão que me fez cair o queixo.

O rei de Laputa seria poderosíssimo se conseguisse pôr o ministério de acordo com ele na escravização do país. No entanto, como os ministros possuem muitas propriedades em terra firme e sabem que o cargo de ministro é de curta duração, jamais concordaram com Sua Majestade.

Quando alguma cidade se revolta ou se nega a pagar tributo ao rei, este tem dois métodos para pôr o desobediente na linha. O primeiro é mais suave: Sua Majestade mantém a ilha suspensa sobre a cidade amotinada, privando-a e a seus campos de sol e chuva. Isto provoca fomes e epidemias na pobre coitada, que não tem outro jeito senão acabar obedecendo ao rei; tal método pode ser reforçado também com grandes pedregulhos que, lançados da ilha, destroem os telhados dos habitantes da cidade. E só não acabam com os próprios habitantes porque todos correm para as adegas e cavernas, lá se refugiando.

O outro método é mais severo, sendo usado apenas quando a cidade teima em não se render: em vez de pedras, o rei lança a ilha diretamente sobre a cabeça dos súditos, provocando assim uma destruição geral. Em louvor de Sua Majestade, é preciso esclarecer que esse método é raramente aplicado: os ministros o rejeitam, pois semelhante violência danificaria suas propriedades lá embaixo, e o rei o evita, pois tal atitude o tornaria odioso ao resto dos súditos.

Além disso, há outra razão para que o monarca de Laputa só utilize esse método em último caso: pois se a cidade cabeçuda possuir montanhas ou torres muito altas, tais coisas podem furar ou quebrar o fundo de diamante da ilha, o que causaria também a destruição desta. O povo sabe muito bem disso, e às vezes leva a teimosia a um grau insuportável para o rei que, furioso, manda a ilha descer com suavidade em vez de com força, pretextando afeição pelos súditos birrentos. Isso ele diz, mas todos sabem que tal suavidade é provocada pelo medo que tem o monarca de ver espatifada também sua preciosa ilha.

Algum tempo antes de minha chegada a Laputa, ocorreu uma rebelião tão séria em Lindalino, a segunda cidade do país, que quase liquida o rei e provoca a queda do regime. Queixando-se de grandes opressões e maus-tratos, o povo de lá trancou as portas da cidade, prendeu o governador e com grande rapidez e esforço conseguiu erguer quatro enormes torres nos quatro cantos de seu território. No alto de cada torre – sólida e pontiaguda – foi instalada uma pedra-ímã de grande potência.

Oito meses se passaram antes que o rei tivesse conhecimento da revolta em Lindalino. Ordenou então que a ilha parasse sobre a cidade, privando-a de sol e chuva, mas, como os lindalinianos tivessem armazenado grande quantidade de provisões e água, puderam suportar o assédio. O rei ficou muitíssimo irritado com semelhante atitude, e mais ainda quando os rebeldes lhe pespegaram inúmeras exigências através dos cordéis, reclamando a supressão dos abusos, liberdade de escolher o próprio governador etc. Grandes pedras foram atiradas nos subversivos a mando de Sua Majestade, mas eles, que não eram bobos, já estavam abrigados com todos os seus bens nos subterrâneos preparados para esse fim.

O rei espumava de cólera. Decidido a dominar o orgulho dos súditos, mandou que a ilha descesse suavemente sobre Lindalino até ficar a pouca distância das torres. Nesse momento, porém, aconteceu o inesperado: os astrônomos encarregados de manobrar a pedra magnética vieram às pressas informar o rei de que a ilha estava sendo puxada para baixo por alguma força que não conseguiam controlar. Foi um verdadeiro tumulto. O rei, assombrado, convocou imediatamente uma reunião de astrônomos para discutirem o fenômeno. Essa reunião, entretanto, nem chegou a terminar, pois, mostrando-se o controle da ilha cada vez mais difícil, resolveram fazer a massa de terra subir de novo antes que fosse tarde.

Por pouco a ilha não se esborracha como um tomate maduro contra Lindalino. É desnecessário dizer que o rei ficou abatidíssimo com a grave ocorrência: tendo esgotado inteiramente os recursos contra Lindalino, foi obrigado a aceitar sem tugir nem mugir as exigências de seus habitantes.

Soube depois que, se a ilha houvesse descido a uma distância tão pequena da cidade que não pudesse mais se erguer, os habitantes a amarrariam como um balão cativo numa das quatro torres, matariam o rei, os ministros, e modificariam totalmente o regime político.

Tão sobressaltado ficou o rei com tudo isso que, durante alguns dias, não necessitou de batedores.

Capítulo 4

O AUTOR DEIXA LAPUTA E CHEGA À CAPITAL.
DESCRIÇÃO DESTA CIDADE E SEUS ARREDORES.
A HOSPITALIDADE DE UM CAVALHEIRO.

Embora não possa dizer que fui maltratado nesta ilha, sentia o desprezo dos habitantes na minha pele. A verdade é que a corte e o povo dedicavam-se apenas à matemática e à música: como eu estava muito abaixo deles nesses assuntos, faziam-me justiça dando-me tão pouca importância.

Além disso, aquela gente sempre distraída e aérea me cansara muito. Durante os dois meses que lá vivi, conversei sobretudo com mulheres, negociantes, batedores e pajens, tornando-me por fim um ser extremamente desprezível.

Resolvido a deixar a ilha na primeira oportunidade, aproveitei a chance que me deu a partida de um primo do rei para o continente. Este homem era considerado por todos como a pessoa mais imbecil e ignorante do país. Era honrado, íntegro e havia prestado grandes serviços à coroa, mas tinha tão péssimo ouvido para a música que seus detratores o acusavam até mesmo de bater o compasso fora do tempo.

Por outro lado, só com muita dificuldade seus professores lhe haviam conseguido ensinar a proposição matemática mais simples, pois não dava a mínima importância também a essa ciência. Em compensação, tratava-me sempre com grande gentileza; mostrava uma aguda curiosidade pelas leis e costumes da Europa, ouvindo-me com enorme atenção e tecendo comentários cheios de sabedoria a respeito do que eu lhe contava.

Apesar de ter dois batedores a seu serviço nunca se utilizava deles, a não ser nas visitas de cerimônia e quando ia ao palácio. Sempre que conversávamos a sós, ordenava aos dois pajens que se afastassem.

Solicitei ao rei que me permitisse descer com seu primo a Balnibarbi, o continente, de onde me dirigiria a Lagado – a capital. O rei concordou bondosamente, presenteando-me com uma soma em dinheiro correspondente a trezentas libras inglesas. Deu-me também uma carta de recomendação a um amigo seu da capital.

No dia 16 de fevereiro, deixei finalmente a ilha, sendo baixado, com o primo do rei, do mesmo modo pelo qual subira. Ah, como fiquei satisfeito de abandonar aquela engenhoca voadora e pisar de novo terra firme! Depois de caminhar algum tempo, encontrei finalmente o palacete do amigo do rei, que se mostrou extremamente amável comigo ao ler a carta que lhe estendi.

Mandou preparar confortáveis aposentos para mim e levou-me, no dia seguinte, para conhecer Lagado em seu carro.

A capital era uma cidade estranhíssima, com horríveis casas e caindo aos pedaços. As pessoas não ficavam atrás: caminhavam depressa, tinham uma expressão alucinada no rosto e olhos fixos, o que me causou uma péssima impressão. Suas roupas, esfarrapadas, deveriam ter sido muito feias quando novas.

Saímos da cidade e atravessamos vários campos inteiramente nus: não havia neles nenhum sinal de trigo, relva ou qualquer outro tipo de vegetação, embora a terra parecesse boa e os trabalhadores empregassem nela vários instrumentos que não pude identificar. Achei tudo aquilo muito esquisito e perguntei ao meu guia por que, na cidade e no campo, todos pareciam tão atarefados se as casas eram horrendas e arruinadas, as lavouras nuas e o povo tão miserável e infeliz.

Meu ilustre hospedeiro – que se chamava Munodi – limitou-se a responder que cada lugar tem seus costumes, estando eu há muito pouco tempo em Lagado para entender os hábitos locais. O Sr. Munodi fora governador da cidade durante alguns anos, sendo depois demitido por incapacidade graças às intrigas de certos ministros. O rei gostava dele, embora o considerasse bem pouco inteligente.

Bem, ao voltarmos para casa, o Sr. Munodi perguntou-me o que via de errado em seu palácio, nos rostos e nas roupas dos criados e em tudo o mais que rodeava sua vida. Ora, se havia pessoa em Lagado que poderia fazer-me tal pergunta, essa pessoa era exatamente o meu hospedeiro: habitava num palácio bonito e cheio de conforto, seus criados possuíam um rosto agradável e usavam roupas distintas, sua mesa era farta e requintada.

– Tudo que o cerca é perfeito – respondi. – Creio que o bom gosto, a sensatez e a fortuna o impediram de ser atingido pela loucura que vejo nos outros habitantes de Lagado.

Meu hospedeiro pareceu pensativo diante dessas palavras. Perguntou-me se gostaria de acompanhá-lo à sua casa de campo, onde teríamos oportunidade de conversar mais sobre os costumes de Lagado. Com um sorriso, respondi-lhe que adoraria o passeio.

Partimos na manhã seguinte. Durante a viagem, passamos por diversos camponeses que trabalhavam o campo com métodos complicadíssimos e totalmente desconhecidos para mim. O solo, contudo, permanecia sem nenhuma plantação, coisa que me parecia inexplicável.

Três horas depois, entretanto, a paisagem mudou inteiramente: campos verdes magníficos rodeavam as casas alegres e sólidas dos camponeses; vinhedos, prados e trigais cresciam com vigor, aumentando a beleza do lugar. Eu me mostrava bastante espantado com a mudança quando o Sr. Munodi, dando um suspiro, declarou que ali começavam suas propriedades. Aquilo que eu via, disse ele, era fruto de métodos antigos e há muito abandonados pelos habitantes de Lagado. Estes zombavam com um profundo desprezo do Sr. Munodi e de todos os que, como ele, dirigiam mal os próprios negócios e davam um exemplo tão detestável ao reino.

A casa de campo de meu hospedeiro era linda, rodeada de fontes, alamedas e bosques harmoniosos. Elogiei tudo o que vi de maneira entusiasmada. O Sr. Munodi, entretanto, respondeu-me com muita melancolia que provavelmente teria de derrubar suas casas na cidade e no campo para reconstruí-las de acordo com a moda atual. Seria obrigado a destruir também os campos tão bem cultivados que possuía para plantar segundo os métodos modernos.

– Tudo isso – suspirou – para que deixem de me julgar orgulhoso, afetado, ignorante e burro, e também para não aumentar o desprazer de Sua Majestade.

– O que aconteceu foi o seguinte – explicou ele. – Cerca de quarenta anos atrás, algumas pessoas foram a Laputa para tratarem de negócios e visitarem a ilha. Após cinco meses, voltaram de lá com algumas noções superficialíssimas de matemática, muito aéreas de espírito e torcendo o nariz para todas as coisas que viam no continente. Resolveram então modificar tudo em Lagado: artes, ciências, língua etc., fundando para isso uma grande academia de projetistas na cidade. O pior é que a ideia se espalhou, não havendo hoje nenhuma cidade do reino que não tenha a sua academia.

– Nesses colégios – continuou tristemente o Sr. Munodi – os professores estudam os novos métodos de construir casas, de arar os campos, inventam instrumentos e ferramentas para qualquer tipo de trabalho possível e imaginável. Afirmam também que se pode construir um palácio numa única semana, que os frutos devem ser colhidos na época em que desejarmos e não apenas em suas estações, que devem ter cem vezes o tamanho normal e mil outros planos semelhantes. O único problema é que nenhum desses projetos está bastante aperfeiçoado; assim, os campos permanecem arruinados, as casas tortas e caindo aos pedaços, o povo sem roupa nem comida.

– Não estou louco – afirmou Munodi, vendo minha cara de espanto. – Digo-lhe a pura verdade. Todas as desgraças que assolam o país, em vez de trazerem um pouco de juízo à cabeça do povo, tornam-no mais obsessivo e esperançoso quanto aos projetos das academias. Ai de quem desconfiar ou não seguir as instruções de nossos projetistas: eu mesmo, como o senhor sabe, sou considerado desprezível e nocivo à comunidade.

Permaneceu em silêncio durante um bom momento. Depois ajuntou:

– Não lhe direi mais nada. Irá à grande academia de Lagado e verá com seus próprios olhos os projetos e a situação em que está mergulhado o país.

Capítulo 5

VISITA À GRANDE ACADEMIA DE LAGADO.

Essa academia é formada por uma série de casas bastante estragadas, de ambos os lados de uma rua da cidade.

Possui uma incrível quantidade de salas – tendo eu visitado pelos menos umas quinhentas, e cada qual abriga um projetista e seus ajudantes. O primeiro desses sábios que visitei era magro, tinha cabelos e barbas compridos e desgrenhados, mãos sujas e roupa sapecada em vários pontos. Suas calças, camisa e pele eram todas da mesma cor.

Havia oito anos que estudava um projeto para extrair raios de sol dos pepinos.

– É assim – explicou-me, coçando vigorosamente a cabeça: – Colocam-se pepinos em redomas hermeticamente fechadas, mantendo-as ao ar livre nos verões mais crus e abrasadores. Sinto a cada dia uma concentração maior de calor e não duvido de que, dentro de uns oito anos, poderei fornecer luz solar aos jardins do governador a um preço razoável.

Eu estava de boca aberta, mas o projetista nem deu por isso. Queixou-se da pequena soma de que dispunha para levar avante suas pesquisas e choramingou a respeito da estação, dizendo que aquele fora um ano péssimo para os pepinos.

Dei-lhe algum dinheiro, pois Munodi, avisando-me que todos se lamentariam a respeito da escassez de verbas, fornecera-me uma bolsa cheia de moedas.

Encaminhando-me para outra sala, estaquei subitamente, horrorizado com o mau cheiro que vinha de lá. O guia fornecido por Munodi avisou-me, entretanto, que não mostrasse nenhuma repugnância: tal coisa seria tomada como a mais terrível das ofensas.

Diante disso não me atrevi sequer a tapar o nariz e, enchendo-me de coragem, entrei na sala. O projetista que ali estava era o mais sábio e velho de toda a academia: tinha as mãos, o rosto e as roupas besuntados de imundície, e seu fedor era tão grande que afugentaria até mesmo uma hiena.

Quando lhe fui apresentado, contudo, o bom velho resolveu dar-me um longo abraço – coisa que eu teria dispensado perfeitamente. Senti-me um pouco tonto, mas por sorte logo me recuperei e pude ouvir as suas explicações.

– Tento reconverter o excremento humano nos alimentos originais – disse-me ele alegremente. – Meu método é simples: separo-lhe as diversas partes, renovo a coloração da vesícula biliar, procuro extinguir-lhe o cheiro e retirar-lhe a saliva. O resto é uma questão de tempo.

Recebia toda a semana um grande barril de excremento humano, a "sua matéria-prima", dizia ele.

Havia um projetista que se esforçava por transformar o gelo em pólvora submetendo-o a uma temperatura elevadíssima. Outro, um arquiteto muito engenhoso, inventara um novo método de construção de casas que começava pelo teto e terminava nos alicerces.

– Baseei-me em dois insetos muito prudentes – a aranha e a abelha – confessou-me.

Um dos sábios que mais me causou espanto era cego de nascença, tendo em volta dele vários alunos também cegos. Sua intenção era ensinar-lhes a misturar cores determinadas para a pintura de um quadro gigantesco que pretendia fazer.

– Os alunos, que não enxergavam coisa alguma, eram orientados pelo mestre a distinguir as diferentes cores pelo tato e o cheiro. O resultado não poderia ser pior. Como o professor também se enganava quase sempre, a confusão era total, sendo ele, apesar disso, muito respeitado e apreciado por toda a fraternidade.

Em outra sala encontrei um projetista bastante original, que descobrira o meio de arar a terra com porcos, poupando assim o dinheiro gasto com o arado, o boi e o trabalho.

– O método é o seguinte – explicou-me ele –, enterramos num campo grande número de bolotas, tâmaras, castanhas e outros frutos apreciados pelos porcos; a seguir, soltamos seiscentos desses animais no campo; em poucos dias, terão revolvido toda a terra em busca do alimento, preparando a terra para a semeadura e adubando-a ao mesmo tempo com excrementos. É verdade que, até agora, as despesas e o trabalho com esse método são grandes, e as colheitas, pequenas ou nenhuma. Mas com o aperfeiçoamento do método tudo será resolvido.

E esfregou as mãos de contentamento.

Quando esbarrei nas teias de aranha da nova sala, julguei que o projetista esquecera de limpá-las. Imediatamente, ele deu um berro, dizendo que tivesse cuidado com seus "tecidos".

–Veja você – disse-me o sábio abanando a cabeça – o grande erro do mundo em usar o bicho-da-seda, quando outros fios maravilhosos podem ser tirados de vários insetos domésticos, que sabem não só tecer como fiar. Além disso, empregando aranhas podemos economizar a despesa de tingir a seda: é só alimentá-las com besouros e moscas lindamente coloridos, e fazer passar estas cores para os fios tecidos pelas aranhas.

Nesse momento senti uma ligeira cólica. O guia informou-me logo de que na sala ao lado havia um médico famosíssimo por curar a cólica através de um método muito especial. Curioso, fui procurá-lo e o sábio gentilmente deu-me uma demonstração do tratamento utilizando-o num cachorro.

Segurando um fole muito grande cuja ponta era um tubo de marfim, introduziu-o no ânus do animal e extraiu todo o ar de suas tripas. Depois de um momento fez a operação contrária: introduziu o tubo do fole dentro do pobre cão e soprou todo o ar que pôde para dentro de sua barriga; quando o ilustre médico retirou afinal o tubo do interior do cão, este caiu morto instantaneamente. Isso desconcertou muito o sábio e me tirou por completo a vontade de recorrer a tal sistema. Deixei-o muito atarefado, procurando fazer o cão voltar à vida pelo mesmo processo.

Passei então para outro lado da academia, onde conheci vários projetistas: o que procurava condensar o ar para convertê-lo numa substância seca, o que amaciava o mármore para fazer com ele travesseiros e almofadas, e o que tentava deter o crescimento da lã em cordeirinhos, através da aplicação de gomas, minerais e vegetais, para obter assim uma raça de carneiros pelados.

Confesso que não tive a inteligência de entender para que servia qualquer desses projetos.

Dali, passamos para a parte dos estudos abstratos da academia: um grande quadro, coberto de pedacinhos de madeira que se moviam por meio de arames, tomava conta da sala. Em cada madeira, estava escrita uma palavra, havendo no canto do aposento um depósito contendo pedacinhos com todas as palavras da língua.

O sábio encarregado da pesquisa virou-se para mim:

— Atenção! Observe bem! Vou pôr a máquina em funcionamento!

Assim dizendo, rodou a manivela feita também de arame e os pedacinhos de madeira mudaram de lugar, formando uma frase sem o menor sentido, mas completamente diferente da anterior.

Apressaram-se os alunos em tomar nota dessa nova combinação. Durante seis horas por dia, professor e alunos trabalhavam em formar novas reuniões de palavras, pretendendo o sábio, através de tal sistema, compilar tudo o que pudesse ser dito sobre as artes e as ciências. Mostrou-me vinte volumes gigantescos contendo o minucioso trabalho do grupo até o momento.

– É claro – disse-me ele enxugando o suor da testa – que tudo seria mais fácil se cada particular mantivesse um quadro em casa e nos trouxesse sua própria contribuição para a pesquisa.

Agradeci humildemente a demonstração, assegurando-lhe que, se algum dia voltasse à Inglaterra, ele seria proclamado o único inventor dessa máquina maravilhosa. Mesmo que para isso tivesse eu que discutir e abrir processo, pois conhecia de sobra o hábito que têm nossos sábios europeus de roubarem as invenções dos outros.

Na escola de línguas, alguns professores estudavam a maneira de aperfeiçoar o idioma da terra.

O primeiro projeto consistia em transformar polissílabos em monossílabos, banindo-se todos os verbos e particípios.

O segundo ia mais longe, e propunha um modo de abolir todas as palavras, fossem elas quais fossem, de maneira que as pessoas discutissem sem falar. Tal sistema era extremamente vantajoso tanto para a saúde quanto para a brevidade: por um lado, encurtaria a discussão e por outro, pouparia os pulmões do desgaste, o que seria muito benéfico para a saúde. Para se fazerem entender, os sábios tinham inventado um método bastante interessante: cada qual trazia consigo todas as coisas sobre as quais quisessem conversar.

O único inconveniente desse plano era a grande quantidade de coisas que se tinha de carregar quando se queria falar sobre vários assuntos ou sobre um assunto muito longo. Eu mesmo vi dois desses sábios quase caindo sob o peso dos fardos que carregavam às costas; quando se encontravam, abriam o grande pacote no chão e conversavam durante uma hora; depois, tornavam a guardar os utensílios, punham de novo o saco às costas e se despediam.

Isso, quando estão na rua: em casa tudo fica mais fácil. Devido a tal sistema, a sala desses pesquisadores é atravancada com todo tipo de coisas possíveis e imagináveis – podendo eles conversar sobre inúmeros assuntos.

Na escola de matemática, usava-se um método de aprendizagem que causaria espanto na Europa: as fórmulas e teoremas eram escritos com tinta corante sobre uma bolacha, sendo o aluno obrigado a comê-la em jejum. Não poderia também alimentar-se ou beber nenhum líquido durante três dias, para que a bolacha tivesse tempo de dissolver-se e fazer a fórmula subir ao cérebro. Esse método, infelizmente, não tinha dado um bom resultado, ora porque os meninos fingiam comer a bolacha e não a comiam, ora porque a vomitavam antes que fizesse efeito, ora porque se alimentavam de outras coisas durante o período de jejum.

Capítulo 6

MAIS INFORMAÇÕES SOBRE A ACADEMIA.
MELHORAMENTOS QUE O AUTOR PROPÕE SÃO MUITO
BEM RECEBIDOS.

Na escola de política, pensei que todos houvessem perdido o juízo, coisa que sempre me deixa bastante melancólico.

Imagine o leitor o susto que levei quando vi os pesquisadores investirem contra os monarcas, inventando planos para convencê-los a escolherem seus ministros entre os mais sábios, honestos e capacitados!

Felizmente, nem todos na escola são tão loucos. Há um médico engenhosíssimo que descobriu o segredo da cura de todas as mazelas que afetam o governo.

– Sabe-se – dizia ele – que há uma grande identidade entre o corpo físico e o corpo político; assim podemos curar as doenças de um e outro pelas mesmas receitas.

Propunha o doutor que um grupo de médicos assistisse durante três dias às sessões do Senado. Ao fim dos debates de cada dia, esses médicos examinariam os senadores e discutiriam entre si as doenças encontradas. No quarto dia, voltariam ao Senado com os remédios, antes que os senadores se reunissem, os fariam tomar analgésicos, lenitivos, aperitivos, corrosivos, adstringentes, paliativos, laxativos, ictéricos, apoflegmáticos, acústicos e assim por diante, de acordo com cada caso.

Além de ser um método barato, seria de grande utilidade para o bom funcionamento do Senado: encurtaria os debates, provocaria a unanimidade, abriria algumas bocas excessivamente fechadas e fecharia outras excessivamente abertas; acalmaria a insolência dos moços e corrigiria a teimosia dos velhos; despertaria os estúpidos e tranquilizaria os impertinentes.

Sabendo também como é fraca a memória das autoridades, o mesmo doutor propôs o seguinte: a pessoa que fosse entrevistar-se com o primeiro-ministro diria o motivo da visita em breves palavras. Depois, ao despedir-se, deveria torcer o nariz desse ministro ou dar lhe um murro no estômago; poderia também pisar-lhe os calos, puxar-lhe as orelhas ou beliscar-lhe o braço até ficar preto, a fim de impedir que a autoridade esquecesse seu pedido. Tais coisas deveriam ser repetidas diariamente, até que o ministro resolvesse o caso de uma vez por todas.

Para as violentas divergências entre partidos políticos, o médico também sugeria uma solução bastante curiosa: tomamos os principais líderes de cada partido; em seguida, fazemos com que cirurgiões abram a cabeça de dois adversários ao mesmo tempo, colocando a metade do cérebro de um na cabeça do outro, e vice-versa. Assim, todos entrarão num acordo e muito rapidamente. É bem verdade, como diz o doutor, que esse trabalho exige uma certa precisão; mas, se for executado com habilidade, a cura é infalível.

Ouvi também um debate entre dois professores que discutiam a melhor maneira de o governo cobrar impostos sem oprimir os súditos. Um deles julgava que se deveriam taxar os bonitos e talentosos; quanto mais belo e inteligente, mais alto o imposto que o súdito deveria pagar. Os tributos mais altos recairiam sobre os homens que tivessem maior sucesso com as mulheres; como o imposto seria calculado e declarado pelo próprio contribuinte, ele poderia escolher entre ficar de bico fechado – deixando de se gabar e, muitas vezes, de mentir – ou pagar um dinheirão ao Estado. Também sobre o espírito, o valor e a cortesia recairiam os impostos, declarando cada pessoa a quantidade que deles possuísse.

Entretanto a honra, a justiça e a sabedoria não seriam taxadas de forma alguma, uma vez que ninguém as reconhece no vizinho nem as aprecia em si próprio.

As mulheres, segundo outro professor, deveriam também pagar tributo de acordo com a beleza e a elegância que possuíssem. A elas também caberia fazer sua própria declaração de impostos. Mas a constância, a castidade, o bom senso e a bondade não seriam taxados por não compensarem as despesas de arrecadação.

Esse mesmo professor explicou-me um sistema infalível para se descobrirem tramas e conspirações contra o governo. Era muito fácil: examinavam-se os alimentos das pessoas suspeitas, as horas em que comem, o lado sobre o qual se deitam na cama e a mão com que limpam o traseiro. Depois, era só observar-lhes os excrementos e analisar, através de seu cheiro e cor, os pensamentos e os planos de tais pessoas. Tudo se refletiria ali, pois, segundo o professor, geralmente quando estão no banheiro e muito concentrados é que os homens tramam a melhor maneira de assassinar o rei.

– Fiz a experiência comigo mesmo – concluiu o professor, todo sorridente. – Quando pensei em assassinar um homem, notei minhas fezes muito amarelas; no entanto, quando pensei em revoltar-me e incendiar a capital, achei-as de uma cor muito negra.

Diante desse relato, pedi licença ao professor para acrescentar alguns melhoramentos ao sistema. Ele concordou e pôs-se a ouvir com grande atenção.

– No reino de Tribnia – contei-lhe –, onde estive durante algum tempo, todo o povo é formado de espiões, testemunhas, informantes, delatores e acusadores, pagos pelos próprios ministros e deputados do país. Com suas constantes denúncias sobre conspirações, tais pessoas provocam um tumulto cujos objetivos são: tornar famosos certos políticos; encher seus bolsos confiscando as propriedades alheias; sufocar ou desviar os descontentamentos gerais; e coisas semelhantes.

– O método usado pelos delatores – continuei – é o seguinte: acordam e determinam primeiro entre eles quais as pessoas que devem ser acusadas de conspiração; isso feito, apossam-se de todas as cartas e documentos que pertencem a tais pessoas, sendo elas presas em seguida. O próximo passo é entregar tais documentos a especialistas habilíssimos, que logo descobrirão o sentido oculto das mensagens.

Observei atentamente o projetista, que me ouvia de olho fixo, e prossegui:

– Podem descobrir, por exemplo, que 'idiota' significa primeiro-ministro; 'vassoura', uma revolução; 'esgoto', a corte; 'poço sem fundo', tesouro; 'tonel vazio', general; e 'chaga aberta', o estado dos negócios públicos.

– Quando esse método falha – concluí – há outros pelos quais se descobrirá qualquer conjura. Por exemplo, analisando o significado político das iniciais: N poderá significar conspiração; B, regimento de cavalaria; L, esquadra, e assim por diante. As letras do alfabeto existentes em qualquer documento podem revelar as mais espantosas tramas. Desse modo, se um suspeito escrever a um amigo: 'Seu irmão Carlos sofre de prisão de ventre', um hábil decifrador descobrirá que as letras querem dizer: 'Cuidado. Conspiração esta semana.'

O professor mostrou-se radiante e agradeceu-me contentíssimo pela valiosa contribuição, assegurando-me que meu nome seria mencionado no importante tratado que elaborava. Recusei humildemente a honra e, vendo que nada mais me prendia a esse país, comecei a pensar em meu regresso à Inglaterra.

Capítulo 7

O AUTOR DEIXA LAGADO E CHEGA A MALDONADA.
FAZ UMA PEQUENA VIAGEM A GLUBBDUBDRIB.
COMO É RECEBIDO PELO GOVERNADOR.

Não muito longe de Lagado fica a ilha de Luggnagg, situada a umas cem léguas a sudoeste do Japão. Como há uma estreita aliança entre o imperador do Japão e o rei de Luggnagg, isso facilita a navegação entre os dois países. Por tal motivo resolvi tomar esse caminho para voltar à Europa.

Aluguei duas mulas, contratei um guia, despedi-me de meu protetor e parti. Quando cheguei ao porto de Maldonada, não havia nenhum barco prestes a partir para Luggnagg nem o haveria tão cedo. Felizmente surgiu-me uma boa oportunidade de empregar o tempo de espera: um cavalheiro com quem travei conhecimento no porto assegurou-me que eu não deveria deixar escapar a ocasião de visitar Glubbdubdrib, lugar muito estranho e situado apenas a umas cinco léguas de distância. Ele mesmo se ofereceu para acompanhar-me, fornecendo-me também uma embarcação.

Ora, é mais fácil um burro voar do que Lemuel Gulliver recusar uma viagem, fosse ela qual fosse. Aceitei contente o oferecimento e no dia seguinte pusemo-nos a caminho.

Glubbdubdrib quer dizer *Ilha dos Feiticeiros ou Mágicos*. É um território extremamente fértil, dirigido pelo chefe de certa tribo de bruxos que só se casam entre si. O governador e sua família moram num palácio cercado por fantástico jardim e protegido por um alto muro de pedras.

O mais estranho, contudo, é que os criados a serviço do governador são mortos que ele tem o poder de fazer surgir durante vinte e quatro horas, graças à sua feitiçaria. Depois que me contaram semelhante detalhe fiquei ansiosíssimo para chegar, o que ocorreu às onze horas da manhã.

Depois de termos pedido uma entrevista ao governador no palácio, o cavalheiro que me acompanhava e eu fomos afinal recebidos.

Cruzamos os misteriosos portões entre duas filas de guardas armados e vestidos de uma maneira muito antiga. Algo em seu rosto me deu um terrível calafrio na espinha, mas continuei andando para a frente, com o coração aos pinotes. Passamos ainda por várias filas de criados, todos eles imóveis e de olho fixo, até chegarmos à sala de audiência.

Lá estava Sua Alteza, o governador de Glubbdubdrib. Muito cortês, antes de começarmos a conversar despediu com um gesto os criados que se encontravam na sala. Meus cabelos ficaram subitamente em pé, pois todos os homens se desvaneceram no ar na mesma hora! Que situação! Tratei, contudo, de recuperar o sangue-frio e responder às perguntas que o governador me fazia sobre viagens, mas não tive muito êxito. Vendo meu rosto branco como papel, Sua Alteza sorriu e assegurou-me que não tivesse medo: os espectros não me fariam mal algum.

Claro que concordei: não seria Lemuel Gulliver, cirurgião e marinheiro dos sete mares, que se deixaria assustar por uns míseros fantasmas. Mesmo assim tenho de confessar que, de quando em quando, lançava uma olhadela furtiva para ver se as aparições tinham surgido novamente.

Meu alívio duraria pouco: nosso anfitrião ofereceu-nos um lauto almoço, mas adivinha o leitor quem nos serviu à mesa? Precisamente os fantasmas, para mal de meus pecados. Percebi, no entanto, que me sentia menos apavorado que pela manhã. Mesmo assim, ao entardecer, roguei à Sua Alteza que me desculpasse, mas não aceitaria o honroso convite de passar a noite no palácio. Para minha sorte, o governador riu de meus temores e determinou que nos alojassem numa cidadezinha próxima, onde dormimos.

Durante dez dias permanecemos na ilha, passando as manhãs e as tardes com Sua Alteza e as noites na cidade vizinha. Depois do terceiro dia, acostumei-me tanto com os espíritos que já não me metiam medo. Puxava até mesmo dois dedos de prosa com um e outro sem que isso me causasse o menor temor.

Sua Alteza não podia deixar de comparar minha intimidade crescente com os espíritos a meu favor logo que chegara à ilha. Ofereceu-me então algo de absolutamente sensacional e que aceitei correndo, antes que mudasse de ideia: dispôs-se a chamar qualquer espírito que eu quisesse, desde o princípio do mundo até os dias de hoje, com uma condição: as perguntas feitas a eles teriam que se limitar ao período em que cada espírito tinha vivido.

– E tenha certeza de uma coisa – acrescentou o governador. – Dirão só a verdade, pois a mentira não existe no mundo do além.

Com o pulso aceleradíssimo e numa curiosidade sem limite, acompanhei o governador a uma sala que se abria para um grande jardim. Sua Alteza perguntou-me calmamente a quem eu gostaria de ver primeiro: respondi quase gaguejando que gostaria de ver *Alexandre, o Grande*, à frente de seus exércitos.

A emoção me deixou sem fala quando vi surgir *Alexandre*, seus oficiais e soldados no jardim. Recuperei a voz para dirigir-me a ele quando entrou na sala; seu grego, muito diferente do meu, causou-me bastante dificuldade, mas afinal consegui entendê-lo. Deu-me a palavra de honra de que não fora envenenado – morrera simplesmente de uma febre malígna provocada pelo excesso de bebida.

Depois de *Alexandre*, vi *Aníbal* atravessando os Alpes, e *César* e *Pompeu* à frente de suas tropas, prontos a se engalfinharem. Solicitei também ao governador a presença de *Brutus* que juntamente com *César* entrou na sala. Notei com grande prazer que pareciam muito amigos, tendo *César* chegado mesmo a fazer um grande elogio a *Brutus* por tê-lo assassinado.

Muitos outros personagens célebres desfilaram ante meus olhos extasiados: a todos fiz uma ou outra pergunta, o que me fez sabedor de segredos tão grandes que cheguei a beliscar-me para saber se estaria sonhando. Não estava. Resolvi no entanto deixar o melhor para o dia seguinte, já que o cansaço fechava pouco a pouco minhas pálpebras.

Capítulo 8

OUTRAS INFORMAÇÕES SOBRE GLUBBDUBDRIB.
A HISTÓRIA ANTIGA E MODERNA CORRIGIDAS.

Após um sono reparador, voltei ao palácio e roguei a Sua Alteza que me fizesse ver alguns homens célebres na história pelo espírito e grande sabedoria.

Minha curiosidade ia sobretudo para *Homero* e *Aristóteles*, embora muitos outros vultos famosos enchessem o jardim e a sala do palácio. *Homero* era alto, tinha olhos vivos e a pele de um belo tom corado, como se exposta ao sol da manhã. *Aristóteles*, porém, curvava-se muito andando com o auxílio de um cajado.

Logo descobri que torciam o nariz para os homens que comentavam e analisavam suas obras, muitos dos quais se encontravam naquele mesmo jardim. *Aristóteles* chegou mesmo a perder a paciência com dois deles, perguntando-me a meia voz se o resto da tribo era formado de asnos semelhantes.

Pedi ao governador que chamasse a seguir *Descartes* e *Gassendi*; chegaram logo os dois filósofos, e logo ferraram numa conversa animadíssima com *Aristóteles* a respeito de filosofia.

Durante cinco dias conversei com grande quantidade de sábios e muitos imperadores romanos. O governador chamou também renomados cozinheiros de *Heliogábalo* para que nos preparassem um banquete, mas os coitados não puderam fazer grande coisa devido à falta de temperos e materiais necessários. Um guerreiro espartano preparou-nos a sopa característica dos acampamentos de *Esparta*: que horror! Não conseguimos tomar uma segunda colherada.

Como fosse grande admirador de famílias ilustres, pedi a Sua Alteza que me mostrasse uma ou duas dúzias de reis com seus antepassados durante oito ou nove gerações. Antes não tivesse feito tal pedido. Ao invés de uma longa fila de cabeças coroadas, apareceram, numa família, dois rabequistas, três cortesãos desonestos e um bispo italiano. Noutra, um barbeiro, um abade e um guarda florestal.

Pude descobrir de onde certa família tirara o queixo comprido; e porque outra abundava de velhacos, e ainda outra pululava de imbecis. Descobri também que a crueldade, a falsidade e a covardia eram tão características de certas linhagens como sua cota de armas.

E mais: verifiquei que historiadores vendidos aos príncipes poderosos atribuíram a estes os mais extraordinários feitos; a covardes, as maiores façanhas na guerra; a tolos, os mais sábios conselhos; a traidores da pátria, as virtudes de bons cidadãos. Soube também dos verdadeiros motivos das revoluções que abalaram o mundo; de como uma cortesã governava um ministro, um ministro o Conselho Secreto e o Conselho Secreto todo um país.

Um general confessou-me que ganhara uma grande batalha por ser poltrão e imprudente; um almirante disse-me que, por falta de informações necessárias, derrotara o inimigo a quem pretendia entregar sua esquadra. Três reis me afirmaram que só por engano de seus ministros haviam concedido honrarias a homens bons e valorosos; e que se tornassem a viver fariam o mesmo, pois a corrupção era o principal sustentáculo do trono.

Curioso, quis saber de que modo haviam sido obtidas as fortunas e os títulos de nobreza de pessoas não muito distantes no tempo – mas sem querer tomar conhecimento da era contemporânea: Deus me livre de ofender ilustres personalidades estrangeiras, já que absolutamente não me refiro à Inglaterra, minha querida pátria, quando toco em semelhantes assuntos.

Inúmeras pessoas foram chamadas: nunca vi tamanho espetáculo de infâmia, opressão, suborno, calúnia, fraude e crueldades como o que se desenrolou ante meus olhos. Ouvi contarem vários assassinatos a sangue-frio; grande quantidade de traições e a destruição de muitos inocentes. Todas essas descobertas diminuíram um pouco a profunda veneração que naturalmente sinto pelas pessoas ilustres e de famílias nobres, devendo estas serem tratadas por nós, seus inferiores, com o máximo respeito devido à sublime dignidade e superioridade de que se revestem.

Por outro lado, quis também conhecer as pessoas que haviam prestado grandes serviços aos reis e aos países em que nasceram. Surgiram todos com a expressão mais desalentada possível, as roupas em farrapos: soube que a maioria tinha morrido na miséria, e o resto no cadafalso ou na forca.

Um desses espíritos tinha a seu lado o filho de dezoito anos, morto em combate. Seu caso me pareceu extraordinário: contou-me o velho que fora comandante de um navio na batalha naval de Actium. Conseguira afundar vários barcos da esquadra inimiga, o que ocasionara a derrota e a fuga de *Antônio*. Por desgraça, entretanto, seu filho único morrera na batalha. Terminada a guerra, foi a Roma para solicitar uma recompensa e pedir o comando de um navio maior; além de lhe recusarem a recompensa, ao invés de entregarem ao herói o navio pedido deram-no a um rapaz que nunca vira o mar, mas que em compensação era filho de uma das amantes do imperador. Totalmente esquecido, o velho comandante foi obrigado a voltar para sua terra, longe de Roma, onde morreu amargurado.

Diante desse painel tão desfavorável aos reis poderosos e a qualquer espécie de autoridade, resolvi não mais solicitar nenhum espírito. E fui para a cama tão triste e descontente com os meus semelhantes como nunca havia ficado em minha longa vida de marinheiro.

Capítulo 9

O AUTOR REGRESSA A MALDONADA E RUMA PARA LUGGNAGG.
PRESO, É LEVADO À CORTE.
A MANEIRA COMO O REI O RECEBE.

Chegado o dia da partida, despedi-me do governador de Glubbdubdrib com mil agradecimentos pela oportunidade única que me proporcionara de conhecer melhor o ser humano.

Meu companheiro e eu voltamos a Maldonada e, após esperarmos quinze dias, finalmente zarpamos num navio com destino a Luggnagg. A 21 de abril de 1708, depois de um mês e muitas tempestades, chegamos a um porto de mar situado a sueste do território luggnaggiano. Como aquelas águas estão repletas de bancos de areia e rochedos, lançamos a âncora a alguma distância e pedimos ajuda a um piloto, por meio de sinais.

Quando desembarcamos, entretanto, houve um problema: alguns de nossos marinheiros, por implicância ou imprudência, informaram aos funcionários da alfândega que eu era estrangeiro e um grande viajante. O funcionário interrogou-me na língua de Balnibarbi, muito falada no país devido ao comércio; quis saber de onde vinha e para onde ia.

Contei-lhe mais ou menos minha história, mas achei melhor dizer-me holandês, pois sabia serem os habitantes da Holanda os únicos europeus cuja entrada era permitida no Japão. Disse-lhe que pretendia partir para o Japão e dali para minha pátria. O homem, porém, não ficou satisfeito: declarou que eu teria de ficar preso até chegarem ordens da corte determinando meu destino. Perguntei-lhe quanto tempo demoraria tal amolação.

– Quinze dias – respondeu-me tranquilamente –, mas não se preocupe, será bem tratado.

Foi o que de fato aconteceu. Além disso, fui muito visitado pelos curiosos, pois correra o boato de que eu viera de países remotos dos quais nunca tinham ouvido falar.

Finalmente chegou a ordem da corte, decidindo que me conduzissem à cidade de *Traldragdubh* ou *Trildrogdrib* (esse nome é pronunciado das duas maneiras). Acompanhado de um intérprete e no lombo de uma mula, fui escoltado por dez guardas do rei até o palácio. Antes que nos puséssemos a caminho, foi mandado um mensageiro para solicitar a Sua Majestade que marcasse dia e hora para conceder-me a honra de lamber o pó que seus sapatos pisavam. E isso não é apenas um modo de falar: quando entrei na sala do trono, ordenaram-me que rastejasse e lambesse o chão à medida que me aproximava do rei. Felizmente para mim e pelo fato de ser estrangeiro, haviam limpado muito bem todo o chão da sala, de modo que quase não existia pó nenhum. Mas tal providência era um favor especialíssimo, só concedido a estrangeiros e a pessoas da mais alta qualidade.

Muitas vezes, até espalham propositalmente grandes quantidades de pó na sala. Isso, quando o rei vai receber alguém que o desagradou ou a pessoa recebida tem na corte um inimigo poderoso. Eu próprio vi um fidalgo com a boca tão entupida de poeira que quando chegou até o trono não conseguia dizer coisa alguma. Para piorar a situação, cuspir ou limpar a boca na presença de Sua Majestade é considerado um crime gravíssimo, punido com pena de morte.

Outro aspecto prático desse costume: quando o rei deseja matar uma pessoa de maneira delicada, sem violência, manda espalhar no chão da sala do trono um certo pó escuro – veneno muito poderoso – que, apenas lambido, mata o lambedor em vinte e quatro horas. Depois, é só chamar o futuro assassinado à sua presença. Graças a tais ocorrências, todos na corte de Luggnagg têm verdadeiro pavor de serem convocados por Sua Majestade, pois nunca sabem se desfrutarão de um agradável jantar com o rei ou estrebucharão nos próximos minutos.

Entretanto, para fazer justiça à bondade de Sua Majestade, é preciso dizer que ordena uma minuciosa limpeza de qualquer vestígio do pó fatal depois de cada execução, pois tem um grande amor pelos seus súditos. De vez em quando, porém, os criados se descuidam e deixam ficar um grão de veneno no assoalho, o que é morte certa para o próximo que vem à sala do trono. Sua Majestade já perdeu muitos súditos a quem não tinha a menor intenção de matar, devido a essa displicência; quando ocorre tal coisa, os criados são severamente repreendidos, mas está provado que de nada adianta o pito real: dali a duas ou três semanas, novo grão de veneno é esquecido no chão e novo súdito de Sua Majestade cai duro para trás.

Bem, depois de me haver arrastado até o trono, fiquei de joelhos e, batendo sete vezes a cabeça no chão, pronunciei a saudação que me tinham ensinado na véspera:

— *Inckpling gloffthrobb squut scrumm blhiop mlashnalt zwin tnodbalkuffhslhiophad gurdlubh asht.*

Esse cumprimento, que sempre se deveria dizer na presença do rei, significava: "A minha língua está na boca do meu amigo", o que por sua vez significava meu pedido para trazer o intérprete ante Sua Majestade. O intérprete entrou e o rei pôde fazer-me diversas perguntas, que o primeiro traduzia para o idioma de Luggnagg, pois falava eu a língua de Balnibarbi.

Durante três meses permaneceu Lemuel Gulliver nesse país, com aposentos no palácio, uma grande bolsa de ouro para despesas comuns e um lugar certo na mesa do rei. Este, muito generoso comigo, ofereceu-me hospitalidade durante todo o tempo que eu desejasse, mas achei mais prudente passar o resto dos meus dias na Inglaterra, antes que minha língua engolisse um daqueles grãos de veneno tão comuns em Luggnagg.

Capítulo 10

DESCRIÇÃO DOS STRULDBRUGS OU IMORTAIS.

O povo de Luggnagg é muito delicado e generoso, embora tenha um pouco desse orgulho que é comum a todas as nações do Oriente. Tratam o estrangeiro com grande respeito, principalmente aqueles que são bem recebidos na corte.

Travei contato com diversas pessoas e, auxiliado pelo intérprete, soube de coisas bastante estranhas do país. Certa vez, alguém me perguntou se eu já vira um *struldbrug* ou imortal. Curioso, respondi ao cavalheiro que nunca tinha visto nenhum, mas que gostaria muitíssimo de conhecer um deles. Por que chamavam de imortal a um ser humano, perguntei, apurando o ouvido.

– É simples – disse-me ele. – De quando em quando, nasce em Luggnagg uma criança tendo sobre a testa uma manchinha vermelha e redonda. Pois bem, essa mancha assinala que tal pessoa é imortal. Embora seja vermelha no início, a pinta se torna verde aos doze anos, azul-escura aos vinte e quatro e negra aos quarenta e cinco anos, quando então não mais muda de cor.

– Tais nascimentos são raros – continuou. – Não acredito que haja mais de mil e cem *struldbrugs* de ambos os sexos em todo o reino. Aqui na capital devem existir uns cinquenta, entre eles uma menina de três anos. Esses nascimentos não são características de nenhuma família, e os filhos dos *struldbrugs* são tão mortais quanto qualquer um de nós.

Eu estava assombrado e contente ao mesmo tempo. Que felicidade nascer numa terra em que cada criança tinha pelo menos uma chance de ser imortal! E que maravilha poder contar com a preciosa experiência de pessoas que tinham vivido há séculos e séculos atrás! Melhor ainda para os próprios *struldbrugs*, livres da calamidade da morte que sempre acompanha o homem! Irrompi em exclamações como essas e outras semelhantes, que o intérprete ia traduzindo para o caválheiro e alguns amigos que a ele se haviam reunido. Mostrei-me também espantado de não ter visto nenhum *struldbrug* na corte, já que uma mancha na testa não teria me passado despercebida.

Não entendia, acrescentei, como poderia Sua Majestade dispensar a sabedoria dos imortais: e se o rei se dignasse a ouvir minha opinião, eu lhe diria com toda a franqueza que considerava um absurdo e um desperdício os *struldbrugs* não participarem com seus conselhos na direção do reino. E mais: já que Sua Majestade me convidara para permanecer no país, eu aceitaria de bom grado tal oferecimento, desde que pudesse passar o resto de minha vida conversando com os *struldbrugs*, esses seres superiores e muito sábios.

Depois que o intérprete terminou de traduzir minhas palavras, o cavalheiro que me ouvia e seus amigos abriram a boca, ficando assim durante alguns segundos. Depois, sorriram como se estivessem diante de um imbecil. Por fim, o cavalheiro afirmou delicadamente que haviam apreciado muito meu discurso sobre as vantagens da imortalidade; se eu não me importasse, prosseguiu, gostariam de saber qual seria o meu plano de vida se tivesse nascido *struldbrug*.

– Ora – respondi – nada mais fácil: se tivesse tido a felicidade de nascer imortal, em primeiro lugar trataria de construir uma sólida fortuna, coisa que, através da experiência e da poupança, eu conseguiria no máximo em duzentos anos. Em segundo lugar, estudando com afinco as ciências e as artes, me tornaria de longe o homem mais sábio do reino. Finalmente, graças ao meu espantoso conhecimento dos costumes, modas, história, língua e principalmente da política, eu seria um verdadeiro oráculo do país.

— Não me casaria depois dos sessenta anos — continuei —, mas viveria agradavelmente. Trataria de me encarregar da formação espiritual de jovens talentosos, aos quais minha experiência e conhecimentos tornariam muito úteis ao país no futuro. Mas meus verdadeiros amigos e confidentes seriam outros imortais como eu, a quem forneceria hospitalidade, um lugar à minha mesa, dinheiro e tudo o mais que fosse necessário. Com tais irmãos, discutiria todo e qualquer problema que tivéssemos presenciado ou conhecido; buscaríamos ensinar através de nossa experiência o melhor caminho, resolver questões que atormentam eternamente os seres humanos e melhorar de maneira geral a vida da humanidade.

— Sei que a princípio teria alguns problemas — acrescentei —, como o de perder pessoas queridas que, por força da minha imortalidade, eu veria sempre desaparecer. Mas com o tempo, entretanto, sei que me acostumaria a essas perdas, como alguém que aceita com toda a naturalidade a sucessão anual de cravos e tulipas no jardim. Mas a maravilha de ser imortal excede em muito as desvantagens. Quando penso no prazer de presenciar as grandes revoluções, as quedas dos impérios, as fantásticas cidades reduzidas a miseráveis aldeias, e obscuros lugarejos transformados em suntuosas residências de reis! Além disso, poder acompanhar o descobrimento de muitos países ainda desconhecidos, a barbárie que devasta as mais requintadas civilizações e a civilização que se apodera das mais bárbaras, todos os inventos extraordinários, as inovações nas artes e nas ciências, que grande felicidade presenciar tudo isso!

Quando terminei de falar, os luggnaggianos puseram-se a conversar acaloradamente entre si, e alguns chegaram mesmo a dar boas risadas.

Afinal, o cavalheiro com quem eu iniciara a conversa afirmou que os outros lhe haviam pedido para corrigir-me alguns enganos, cometidos em razão da profunda imbecilidade da natureza humana. A raça dos *struldbrugs* existia somente em

Luggnagg, não havendo nenhum sinal deles nem em Balnibarbi nem no Japão. Pois bem: nestes dois últimos reinos observara ser a vida eterna um desejo universal. Quem quer que tivesse um pé no túmulo fatalmente se apoiava no outro com o maior vigor possível. Os mais velhos tinham sempre a esperança de viverem mais um dia, considerando a morte o pior horror sobre a face da terra.

– Ora – continuou ele –, só em Luggnagg não existe tal pavor da morte nem esse furioso apetite de viver. A razão é que nosso povo tem sempre diante dos olhos o exemplo dos *struldbrugs*. O plano de vida que o senhor descreveu para um imortal é inteiramente absurdo, fora da realidade e desprovido de nexo. Não se esqueça de que os *struldbrugs* não permanecem sempre no vigor da mocidade. Os anos também os atingem, e se sua mocidade é longa, sua velhice não fica atrás, com todo o cortejo de desvantagens que acarreta. Apesar disso, a loucura dos homens é tão grande que a maioria deles ficaria encantada de ser um imortal, pois nunca vi, fora de Luggnagg, ninguém que morresse satisfeito a não ser que estivesse sofrendo de dores muito agudas.

– Para que não caia na mesma tentação – prosseguiu –, vou-lhe dizer como vivem os nossos *struldbrugs*. Até os trinta anos, agem como todos os outros mortais; depois dessa idade, são dominados cada vez mais pela tristeza e pelo desânimo, estado de espírito que piora progressivamente até os oitenta anos. Nessa idade, considerada o limite máximo de vida em Luggnagg, os imortais adquirem não só as bobeiras e a pouca lucidez dos outros velhos, como tais coisas são agravadas pela terrível perspectiva de nunca virem a morrer.

– Tornam-se então – suspirou o cavalheiro – completamente insuportáveis: são birrentos, avaros, impertinentes, tolos, rabugentos e tagarelas; cansados de verem morrer as pessoas queridas, são frios e incapazes de qualquer amizade; a inveja e a raiva os atormentam constantemente. Sempre que assistem a um enterro, lamentam-se amargamente de não terem direito à paz conquistada pelo defunto. Os mais felizes são os que perdem a memória com o tempo, pois tornam-se menos amargos e implicantes que os outros e despertam mais a piedade alheia.

– Se um *struldbrug* casa-se com outro de sua espécie – acrescentou –, o casamento é dissolvido por lei quando o mais moço deles atinge a idade de oitenta anos; acha o governo que, sendo uma pessoa condenada a viver eternamente nesse mundo de desgraças, não deve ter suas misérias acrescidas pelo encargo de uma esposa. Com oitenta anos, são também considerados mortos pela lei, sendo seus bens distribuídos entre os filhos; ao *struldbrug* é reservada então uma renda mínima; não podem trabalhar, adquirir terras, assinar contratos nem servir de testemunhas. Aos noventa anos, perdem os dentes e o cabelo: nessa idade já não distinguem nada pelo gosto, limitando-se a comerem e a beberem o que lhes dão. Não têm mais prazer de espécie alguma; as doenças que os acompanham continuam como antes, sem aumentarem nem diminuírem.

– E mais – concluiu –, ao falarem, os *struldbrugs* esquecem o nome do interlocutor, mesmo que seja ele o seu amigo mais íntimo. Também não podem ler, pois sua fraca memória não consegue reter uma sentença do princípio ao fim. Além disso, como a língua do país sofre constantes modificações, os imortais de uma época não compreendem os de outra. Depois de duzentos, não lhes é possível conversar com quem quer que seja, trocando eles umas poucas palavras básicas com o resto da população. Tornam-se desgraçadamente estrangeiros em sua própria terra. O que acha disso tudo, caro senhor?

Eu estava cabisbaixo e profundamente deprimido, incapaz de acrescentar qualquer palavra à cena que me haviam pintado. Fiquei ainda pior quando afinal conheci alguns *struldbrugs*: com mil caracóis, palavra que nunca vi nada de tão triste em minha vida! Embora lhes dissessem que eu vinha de países remotíssimos, não mostraram a mínima curiosidade: sua apatia era total. Eram também horríveis de aspecto, sendo as mulheres mais feias ainda. Todas as deformidades da velhice concentravam-se neles de um modo assustador. Resmungando pediram-me um *slumskudask*, ou seja, a pequena moeda de ouro do país, apesar de a mendicância ser proibida em Luggnagg. No entanto, como a pensão que os imortais recebem é miserável, as autoridades fecham os olhos para tais deslizes.

Todo o povo os odeia e despreza, sendo o nascimento de um deles considerado mau presságio para a cidade em que surge. Sua idade é registrada nos livros como a dos outros mortais; contudo, após mais de mil anos, perde-se com a destruição do livro pelo tempo ou por alguma revolução no país. Para calcular a idade dos mais velhos, os luggnaggianos perguntam então de que reis ou acontecimentos se lembram, pois a memória dos imortais é mais aguda até os cinquenta anos.

Depois que conheci os *struldbrugs*, confesso que o meu desejo de imortalidade caiu vertiginosamente. Ponderei com meus próprios botões que qualquer coisa seria melhor do que uma vida semelhante, e disse-o mais tarde ao rei, que desejou saber minha opinião sobre o assunto. Sua Majestade riu bastante do horror que manifestei sobre a imortalidade, pois fora avisado de meu entusiasmo anterior.

– É pena – declarou-me ele – que o senhor não possa levar um ou dois *struldbrugs* para sua terra. Garanto-lhe que dentro de pouco tempo o povo inglês teria perdido o medo da morte.

Concordei totalmente com as palavras de Sua Majestade, e teria me encarregado com prazer do trabalho e das despesas de transportar *os struldbrugs* à Inglaterra, tal coisa não fosse proibida pelo governo de Luggnagg. Concordei também com a severidade das leis em relação aos imortais: ficando eles avarentos e autoritários com a idade, se o Estado permitisse tornar-se-iam dentro de pouco tempo os proprietários da nação, o que, juntamente com a incapacidade causada por sua velhice, provocaria a rápida ruína do país.

Capítulo 11

O AUTOR DEIXA LUGGNAGG E VAI AO JAPÃO.
ALI, EMBARCA NUM NAVIO HOLANDÊS,
CHEGA A AMSTERDÃ E FINALMENTE À INGLATERRA.

Embora Sua Majestade o rei de Luggnagg me oferecesse um importante cargo na corte, recusei, ansioso por voltar a meu país. Deu-me ele então uma carta escrita do próprio punho, apresentando-me ao imperador japonês, e uma bolsa com quatrocentas e quarenta e quatro moedas de ouro (este país adora os números pares).

Finalmente, no dia 6 de maio de 1709, fui conduzido ao porto de Glanguenstalde, partindo dali a seis dias para o Japão. Meio mês depois, chegávamos a um pequeno porto denominado Xamoschi, onde o apresentei ao funcionário da alfândega a carta do rei de Luggnagg ao imperador. O selo de Luggnagg, muito conhecido no Japão, era da largura de minha mão e representava o rei levantando um mendigo do solo.

Não precisei de mais nada. O magistrado da cidade prestou-me todas as homenagens e forneceu-me um carro e criados que me conduziram a Iedo, a capital. Lá chegando, fui recebido em audiência pelo imperador, sendo minha carta aberta num complicado cerimonial. O intérprete dirigiu-se a mim em baixo holandês para dizer-me que Sua Majestade atenderia prontamente ao meu pedido, em obediência à vontade de seu real irmão o rei de Luggnagg. Fez-me o imperador algumas perguntas; declarei ser um comerciante holandês naufragado num país longínquo, de onde viajara para Luggnagg.

Implorei a Sua Majestade que me fizesse conduzir ao porto de Nagasáqui, pois ali tomaria um navio que me levasse a Amsterdã. O imperador disse compreender perfeitamente as saudades que eu deveria estar sentindo de minha pátria, já que dela ficara longe tanto tempo. Aproveitando a compreensão de Sua Majestade, solicitei-lhe também que me dispensasse de pisar no crucifixo, uma cerimônia imposta a todos os holandeses que pisavam no Japão.

Quando fiz este último pedido, o imperador se espantou: disse ser eu o primeiro de meus conterrâneos a evitar a cerimônia. Olhou-me durante alguns momentos com olhos penetrantes, o que me fez correr um calafrio pela espinha. Senti-me em perigo, e mais ainda quando disse duvidar que fosse mesmo um holandês. Contudo, acrescentou o imperador, em homenagem ao rei de Luggnagg ele acederia ao meu pedido, embora o caso devesse ser tratado com toda a habilidade.

Seus funcionários receberam ordens de me deixarem passar por descuido; segundo o imperador, meus patrícios holandeses ficariam também furiosos se descobrissem o segredo e por certo me cortariam a cabeça durante a viagem.

No dia 9 de junho de 1709, cheguei a Nagasáqui, depois de uma viagem muito intranquila, e embarquei no navio holandês *Amboyna*. Para minha grande sorte, eu vivera na Holanda durante algum tempo e chegara mesmo a estudar em Leiden, pois, assim que pus os pés no navio, a tripulação, curiosa, pôs-se a fazer-me inúmeras perguntas. Graças a meu holandês perfeito e aos conhecimentos que possuía sobre aquele país, pude ampliar a história que já havia contado ao imperador. A maioria acreditou piamente nela. Contudo, um marinheiro velhaco e de maus bofes mediu-me de alto a baixo e declarou com um vozeirão que eu "não havia pisado no crucifixo".

Os marinheiros me cercaram rapidamente, ameaçadores, fazendo meu coração parar dentro do peito. Ah, não seria daquela vez que um bando de rufiões daria cabo de Lemuel

Gulliver! Notando o movimento no convés, um oficial se aproximou, querendo saber a causa da aglomeração. O marinheiro de maus bofes, irascível, explicou-lhe que eu burlara a cerimônia e não pisara no crucifixo; portanto, teria que morrer. A situação mostrava-se negra para mim, quando o oficial ordenou que o desalmado calasse a boca ou seria açoitado valentemente. Virando-se para o resto da tripulação, explicou-lhe que recebera ordens de me conduzir até Amsterdã e não queria ouvir nem um pio a respeito. Além disso, acrescentou que eu fora levado ao Japão por azares e desgraças, e não para comerciar, o que me dispensava perfeitamente de pisar o crucifixo. Dito isso, dispersou os marinheiros e levou-me para uma cabina segura, perto da sua. Não tornei a ser molestado durante a viagem.

Chegamos a 10 de abril de 1710 a Amsterdã sem grandes problemas a bordo, com exceção de três homens que perdemos por doença e um quarto que se despencou do mastro da gávea. Que maravilha voltar ao Ocidente! Desci ao porto feliz por desenferrujar as pernas e logo tratei de acertar meu embarque num navio que me levasse à Inglaterra.

A 16 de abril alcançamos finalmente Dover. Desembarquei numa grande alegria em minha pátria, após uma ausência de cinco anos e seis meses completos. Sorvi o ar inglês com uma satisfação gulosa e parti mais que depressa para Redriff, onde cheguei no mesmo dia às duas horas da tarde.

Que festa me fizeram mulher e filhos! Minha família, a princípio, acreditou ver um fantasma, pois julgavam que eu já estivesse morto em algum naufrágio: depois, constatando ser mesmo Lemuel Gulliver quem voltava, atiraram-se a meus braços e quase me sufocaram de beijos.

Dessa vez, jurei definitivamente não mais viajar.

QUARTA PARTE

Viagem ao país dos Houyhnhnms

Capítulo 1

EMBARCA O AUTOR COMO CAPITÃO DE UM NAVIO.
SEUS HOMENS SE AMOTINAM E O
ABANDONAM NUMA TERRA TOTALMENTE DESCONHECIDA.
OS YAHOOS E OS HOUYHNHNMS.

A paz e o sossego, desgraçadamente, não estavam destinadas a Lemuel Gulliver.

Após usufruir durante cinco meses as doçuras do lar, tive a maldita ideia de ouvir uma vantajosa proposta que me fizeram: ser capitão do *Adventure*, um bonito navio mercante de trezentas e cinquenta toneladas. De ouvir para aceitar foi um pulo. Deixei minha pobre esposa grávida, os filhos chorosos e levantei velas a 7 de setembro de 1710 em direção aos mares do Sul.

No dia 14, encontramos em Tenerife o Capitão Pocok, honrado homem e bom marinheiro, que desembarcara na baía da Campeche para cortar madeira. Soube ao regressar que seu barco naufragara pouco depois de nosso encontro, durante uma tempestade que também nos atingiu. Ele e toda a tripulação morreram, salvando-se apenas o grumete. Um acidente lamentável, mas causado unicamente pela teimosia de Pocok em não seguir meus conselhos; se os tivesse ouvido, estaria hoje são e salvo como eu, em casa junto da família.

O infortúnio – embora não chegasse a extremos como o do Capitão Pocok – também me acompanhou durante a viagem. Vários marinheiros do *Adventure* morreram de febre e outras doenças, sendo eu obrigado a recrutar gente nas ilhas Barbuda e Leeward. Mas logo me arrependi de haver contratado esses novos homens, pois não tardei a descobrir que eram todos flibusteiros dos bons.

Vi-me de repente em palpos de aranha; entretanto, como já estávamos em mar alto, nada podia fazer senão prosseguir, contando com minha vigilância e a lealdade de alguns antigos marinheiros. Durante muitas noites, não preguei olho, atento a qualquer conversa ou atitude que me parecesse suspeita.

Já começava eu a me tranquilizar a respeito dos mal-encarados quando, certa manhã, depois de corromper o resto da tripulação, os piratas invadiram meu camarote sem que eu tivesse tempo de resistir: era o motim. Amarraram-me pés e mãos dizendo que só me desamarrariam se eu me reconhecesse prisioneiro deles; caso contrário, lançar-me-iam ao mar.

Prometi que não resistiria e cheguei mesmo a jurá-lo, como me foi exigido. Então livraram-me das cordas – pelo que dei graças aos céus, pois já me machucavam –, mas prenderam-me à cama, uma corrente segurando uma de minhas pernas. Além disso, colocaram uma sentinela fora da cabina com ordens de atirar caso eu tentasse fugir.

Felizmente não esqueceram de enviar-me o jantar e uma boa garrafa de vinho: comi tristemente, pensando na minha pouca sorte como capitão de navio, quando ouvi uma animada conversa do lado de fora da porta. Agucei o mais que pude os ouvidos e descobri que pretendiam saquear os galeões espanhóis, quase sempre carregados de ouro e preciosidades. Antes, alcançariam Madagascar para vender as mercadorias a bordo e contratar novos homens, pois vários deles estavam doentes.

Depois dessa conversa não soube de mais nada, o que me lançou numa grande aflição. Aprisionado no camarote, esperava frequentemente que me trucidassem, como a toda hora ameaçavam fazer.

Finalmente, no dia 9 de maio de 1711, um tal James Welch entrou em meu camarote: tinha ordens do capitão de me deixar em terra. Nervosíssimo, fiz-lhe várias perguntas sobre o que estava acontecendo: quem era o novo capitão? em que terra me deixariam? o que poderia levar comigo? O sangue me ferveu nas veias quando James Welch, indiferente à minha sorte, nada respondeu. Ah, se eu não tivesse uma arma apontada contra o meu peito, o patife do pirata me pagaria bem caro a insolência!

Antes de o sol nascer, fui obrigado a entrar num bote com alguns dos bandidos, que me deixariam na praia. Deram licença para que eu vestisse minha melhor roupa e levasse um embrulho de roupas brancas. Carreguei comigo também uma adaga, dinheiro e alguns objetos necessários nos bolsos.

Quando o bote tocou a areia da praia, fizeram-me descer. Gritei que me dissessem que país era aquele, mas retrucaram-me que sabiam tanto quanto eu. Aconselharam-me também a não perder tempo e procurar ou fazer algum abrigo antes que uma tempestade me surpreendesse. O céu estava realmente encoberto, o que aumentou ainda mais os meus temores. No entanto, o desespero que sentia era tão grande que sentei sobre uma pedra para pensar: decidi negociar minha vida com os selvagens que certamente apareceriam, a troco de alguns braceletes e anéis de vidro que eu, como todo marinheiro, trazia comigo no fundo dos bolsos.

Depois de uns bons minutos, resolvi descobrir que lugar seria aquele e, mesmo desanimado, pus-me a caminhar terra adentro. Andei durante uma boa meia hora até desembocar em grandes campos de aveia e relva, sempre temendo que uma seta me alcançasse pelas costas. Numa estrada de areia fofa, descobri muitos sinais de pés humanos, alguns de vacas, mas a maioria de cavalos.

Repentinamente, um barulho estranho chamou-me a atenção: encarapitados numa árvore, muitos animais esquisitíssimos me olhavam curiosos. Tinham a cabeça e o peito coberto de pelos grossos, eram barbudos como cabras e todo o resto de seu corpo mostrava uma cor de camurça. Sentados no chão, deitados ou erguidos nas patas traseiras, formavam o mais estranho conjunto que eu já vira em minha vida.

Subiam nas árvores mais altas com uma rapidez de esquilo, segurando-se nos galhos por meio de garras afiadas. Também davam saltos e guinchos espantosos: as fêmeas, menores do que os machos, tinham mamas que às vezes se arrastavam pelo chão. Os pelos da cabeça eram castanhos, vermelhos, pretos ou amarelos.

Aqueles animais transmitiam uma sensação tão desagradável – até mesmo de repugnância – que tratei de afastar-me pé ante pé de suas proximidades. Levantei-me então e tornei a caminhar pela estrada, tentando descobrir os seres humanos que deveriam andar por perto.

Não tinha eu me afastado muitos passos quando subitamente topei com um daqueles animais atravessado em meu caminho. Pode imaginar o leitor o terrível susto que levei: o monstro olhava para mim contorcendo o rosto numa careta feiíssima, e aos poucos foi-se aproximando até ficarmos frente a frente. Levantou então a pata dianteira não sei se por hostilidade ou curiosidade, mas não esperei para saber o que iria fazer com ela. Puxando da minha adaga, desferi-lhe um valente golpe com o lado sem corte da arma: a fera berrou tão alto que umas quarenta criaturas iguais a ela acorreram ao local, cercando-me ameaçadoramente. Uivavam e faziam caretas tão medonhas que mesmo o mais bravo dos homens se assustaria.

Antes que fizessem um círculo em torno de mim, saí correndo e encostei-me ao tronco de uma árvore. Lá pelo menos teria a retaguarda coberta, em caso de ataque. Brandindo a adaga em todas as direções consegui mantê-los afastados, mas infelizmente alguns deles subiram como um raio, e sem que eu os visse, à árvore em que me encostava. Lá de cima começaram então a bombardear-me a cabeça com seus próprios excrementos, dos quais consegui esquivar-me colando-me ao tronco: não consegui evitar, contudo, o mau cheiro que quase me sufocou.

De repente, sem que eu entendesse o motivo, puseram-se a correr em todas as direções e, em menos de um minuto, haviam abandonado completamente o local. O que estaria reservado desta vez a Lemuel Gulliver? Um animal ferocíssimo fora pressentido por meus atacantes? Como faria para salvar-me?

De orelhas em pé e adaga na mão procurava eu ouvir qualquer ruído denunciador quando um trote de cavalo chegou até o lugar onde me encontrava. Um segundo depois avistei o animal, que caminhava mansamente pela estrada de areia. Fiquei intrigadíssimo: teria sido aquele o motivo de debandarem os repugnantes bichos que me haviam atacado?

O cavalo parou subitamente diante de mim, olhando-me com grande atenção: parecia surpreendido com o que via; eu, mais ainda, ao notar seu comportamento. Depois de um instante, teria prosseguido normalmente meu caminho se o estranho animal não se tivesse colocado bem em minha frente, fitando-me com extrema brandura. Olhamos um para o outro durante algum tempo. Encantado com seu focinho meigo e bonito, estendi a mão para acariciá-lo como se faz normalmente com os cavalos. O animal, porém, deu-me a impressão de que tal gesto o desagradava; sacudiu a cabeça e, levantando a pata dianteira, afastou-me delicadamente a mão. Em seguida relinchou quatro vezes, mas de um modo tão especial que não pude deixar de pensar ser aquela uma linguagem desconhecida para mim, mas de qualquer modo uma linguagem inteligente.

Estupefato, eu tentava resolver o mistério quando outro cavalo aproximou-se de nós. Dirigindo-se ao primeiro com toda a cerimônia, tocou o casco dianteiro do outro com sua pata, rinchando várias vezes de maneira bastante musical. Afastaram-se então alguns passos e puseram-se a caminhar lado a lado, para a frente e para trás, como duas pessoas que discutissem algum problema. De vez em quando, interrompiam os relinchos e olhavam para mim, que, sentado numa pedra, observava curiosíssimo o comportamento tão humano desses dois animais.

Depois de alguns minutos, senti-me cansado de permanecer ali; levantei-me e continuei a andar, pois esperava encontrar mais cedo ou mais tarde uma casa ou aldeia em que pudesse me abrigar. Vendo o primeiro cavalo – de cor ruça – que eu abandonava o lugar, pôs-se a nitrir de modo muito expressivo. Estaquei, totalmente assombrado: era evidente que o animal desejava minha permanência ali. Fiz meia-volta e sentei-me de novo na mesma pedra de antes, disfarçando como pude minha aflição: se até os cavalos determinavam meu destino, onde iria parar?

Os dois animais se aproximaram de mim e puseram-se a olhar-me atentamente para o rosto e as mãos. O ruço esfregou-me o chapéu com a pata dianteira e amassou-o tanto que fui obrigado a tirá-lo para tornar a arrumá-lo na cabeça. Diante de minha atitude, ele e o companheiro (um baio escuro) pareceram muito surpreendidos. Tocaram-me a aba do casaco e, vendo-a solta, entreolharam-se relinchando. Não ficaram, contudo, satisfeitos com essas façanhas: o ruço afagou-me a mão direita, mas fui obrigado a gritar, pois apertou-a mais do que devia. Parou então imediatamente, tocando-me a seguir com mais cuidado. Meus sapatos e meias os deixaram inteiramente perplexos. Olhavam um para o outro, relinchavam, novamente se entreolhavam.

Meu pasmo era total. Que espécie de mistério envolvia esses animais para que procedessem de maneira tão racional e ordenada? Seriam mágicos disfarçados de cavalos? Nesse caso, vendo um estranho caminhando por ali, tinham resolvido divertir-se à sua custa.

De qualquer modo, resolvi experimentar essa possibilidade, e olhando firmemente para os animais, dirigi-lhes o seguinte discurso:

– Senhores, se são feiticeiros – como tenho motivos para crer –, é claro que compreendem todas as línguas; assim, uso a minha para dizer-lhes que sou um pobre inglês conduzido pela fatalidade a esse estranho lugar. Como pretendo descobrir uma casa ou aldeia em que possa me abrigar e retemperar as forças, rogo-lhes que me deixem subir em uma das duas garupas: mais rapidamente encontrarei o que procuro. Como agradecimento, ofereço-lhes este punhal e este bracelete.

O assombro dos cavalos diante de minhas palavras era evidente. Ouviram primeiro em silêncio, parecendo prestar uma enorme atenção ao que eu dizia; logo que acabei, entretanto, viraram-se um para o outro e puseram-se a relinchar tão animadamente que não tive dúvidas: conversavam sobre meu discurso.

Observei que de seus modulados relinchos se poderia tirar um alfabeto tão claro como o dos chineses. Distingui também muitas vezes a palavra *"Yahoo"* que repetiam com frequência. Eu não tinha a mínima ideia do que significava, mas, quando os dois cavalos fizeram uma pausa na conversa, repeti "Yahoo" alto e bom som, dando uma entonação parecida com a deles à palavra. Os animais estremeceram de espanto: depois, o ruço repetiu a palavra duas vezes, provavelmente para ensinar-me a pronúncia correta. O baio resolveu também experimentar se eu saberia dizer outra palavra – bem mais difícil que a primeira – e que transposta para a ortografia inglesa daria algo como *Houyhnhnm.* Não a pronunciei tão bem quanto *Yahoo,* mas repetindo-a por três vezes cheguei a melhores resultados.

Os cavalos pareciam assombrados com a minha capacidade. Trocaram novos relinchos entre si e despediram-se finalmente, tocando um no casco dianteiro do outro. Será que iam me abandonar ali, sem mais nem menos? Não. Voltando-se para mim, o ruço fez-me sinal com a cabeça para que caminhasse à sua frente, ordem que no momento achei mais prudente obedecer.

Cada vez que eu me tornava mais vagaroso, o ruço tocava-me levemente com o focinho e rinchava baixinho *hhuun, hhuun,* com certeza para que eu apressasse o passo. Dei-lhe a entender, através de gestos, que estava fatigado; compreendendo afinal, parava de vez em quando na estrada para que eu descansasse sob a copa de uma árvore.

Capítulo 2

O AUTOR É CONDUZIDO
À CASA DE UM HOUYHNHNM.
COMO O RECEBEM. A COMIDA
DOS HABITANTES. AFLITO PELA FALTA
DE ALIMENTAÇÃO, O AUTOR ENCONTRA AFINAL
COM QUE NUTRIR-SE.

Depois de caminharmos quase três milhas, chegamos a um lugar onde havia uma grande casa de madeira de teto baixo e coberto de palha.

Tirei logo do bolso vários anéis e braceletes de vidro, a fim de presentear o dono da casa. O cavalo fez-me delicadamente entrar numa ampla sala de terra batida, onde havia uma manjedoura que ocupava toda a extensão do aposento. Lá estavam outros três cavalos e duas éguas, todos cinco sentados e muito civilizados. Macacos me mordam, pensei comigo mesmo: o povo capaz de treinar os animais a esse ponto deve ser dotado de uma fantástica sabedoria!

O ruço entrou logo depois e deu alguns relinchos na direção dos outros animais, que o ouviram respeitosamente. Estaria eu ficando doido? Ou quem sabe dormindo e sonhando? Belisquei o braço, mas tudo permaneceu na mesma.

O ruço fez-me atravessar duas salas, mandando com um sinal de cabeça que eu aguardasse na segunda. Teria o dono da casa um cavalo como criado? O mistério me fazia arregalar os olhos. Preparei meus presentes para o dono da casa, certo mais uma vez de que tudo aquilo devia ser mágica e da boa. Voltou o ruço e, depois de mandar que o acompanhasse, conduziu-me a um terceiro aposento onde vi uma égua muito bela, ladeada por um potro e um potrilho, todos os três sentados educadamente numa elegante esteira de palha.

Assim que entrei, a égua levantou-se da esteira e aproximando-se de mim deu várias voltas ao meu redor. Olhou atentamente meu rosto e minhas mãos; depois, voltou-me o rabo com ar desdenhoso, enquanto se dirigia ao cavalo através de alguns relinchos. De novo ouvi por várias vezes a palavra *Yahoo*, cujo significado eu continuava a desconhecer. Depois dessa conversa com a égua, o ruço repetiu o *hhuun, hhuun*, que já me dirigira na estrada e tocou-me mais uma vez com o focinho.

Tornei a segui-lo, e depois de atravessarmos uma espécie de pátio chegamos a um edifício situado a alguma distância da casa. Entramos nele e logo um cheiro desagradável e conhecido atingiu meu nariz: logo depois deparei com três das detestáveis criaturas que me haviam atacado logo que eu desembarcara na terra. Dei um passo para trás temendo novo ataque, mas logo verifiquei que os animais estavam amarrados pelo pescoço a uma viga de madeira. Comiam vorazmente raízes e a carne de burros e cães, como vim a saber mais tarde. De quando em quando uma vaca morta por acidente ou doença também fazia parte do cardápio.

O ruço – que era mesmo o chefe – ordenou a um alazão parado na porta que desatasse o maior deles e conduzisse ao pátio. O animal segurava a comida entre as garras da frente, dilacerando cada pedaço de carne com os dentes afiados. O espetáculo me repugnou bastante, mas fui obrigado a acompanhar a fera, o ruço e o alazão ao pátio. Lá, os dois cavalos, para horror meu, puseram-me ao lado do animal repugnante e olharam demoradamente ora para meu rosto, ora para a carantonha junto a mim. Indignadíssimo, notei que comparavam nossas feições, pronunciando os dois cavalos muitas vezes a palavra *Yahoo*. Mais horrorizado fiquei ainda quando, ao olhar detidamente o monstro, eu mesmo descobri nele uma perfeita figura humana.

Tinha, é claro, o rosto mais achatado que o normal dos homens, um nariz bruto e de ventas largas, os lábios grossos e a boca enorme. Isso, entretanto, não bastou para me consolar: a condição de vida entre os selvagens embrutece seus traços com frequência. As patas dos Yahoos só numa coisa diferiam de meus próprios pés e mãos: as unhas compridas e recurvas daqueles animais; também seu dorso era peludo e marrom, e o modo que tinham de se arrastarem e pularem distinguia-se de minha maneira de andar. Mas, como as semelhanças eram enormes, fiquei num abatimento mortal.

Os dois cavalos, porém, examinavam minhas "patas" traseiras calçadas de meias e sapatos, provavelmente sem entenderem por que não se pareciam elas com as dos Yahoos ao meu lado. Pois de uma coisa eu já tinha certeza: aqueles nobres animais julgavam-me também um Yahoo.

O cavalo alazão segurou uma raiz com os dois cascos da frente e a ofereceu a mim; depois de examiná-la, devolvi-a com a maior delicadeza. O cavalo olhou-me atentamente com seus olhos mansos; depois de um momento, voltou ao covil dos Yahoos com um pedaço de carne de burro, esperando com certeza que eu ficasse muito satisfeito com semelhante presente. A carne, entretanto, era tão malcheirosa que me afastei dela com nojo; diante disso, o alazão jogou-a na direção do Yahoo, que se pôs imediatamente a devorá-la.

Os cavalos se entreolharam por um momento. O ruço, empurrando-me levemente com o focinho, teve uma ideia: quem sabe feno ou aveia não seria exatamente o que precisava? Diante de um monte de feno e de uma gamela contendo aveia balancei a cabeça com energia, dando-lhe a entender que tais alimentos não me serviam. Eu estava muito fraco e, nada vendo que pudesse comer, tive um medo terrível de morrer de fome. Meu mal-estar era piorado pela odiosa presença do Yahoo, que me repugnava fortemente. O próprio cavalo ruço o notou, ordenando ao alazão – provavelmente seu criado – que levasse o Yahoo de volta ao covil. Assim foi feito. O ruço, no entanto, parecia preocupado: levando o casco dianteiro à altura da boca, fez-me um sinal perguntando de que me alimentaria. Tentei responder do melhor modo que pude, embora ele não conseguisse entender patavina.

Para minha sorte, enquanto trocávamos sinais vi passar uma vaca a poucos metros de nós. Apontei para ela imediatamente, mostrando que desejava ordenhá-la. Felizmente, o ruço me entendeu: levou-me a um compartimento de sua casa onde havia inúmeros recipientes de barro cheios de leite. Bebi logo uma boa caneca e me senti bastante revigorado. Pelo menos isso eu teria para me alimentar durante minha permanência naquela terra. Estava salvo.

Mais ou menos ao meio-dia, vi chegar a casa um veículo de madeira puxado por quatro Yahoos. Desceu dele um velho e distinto cavalo, amigo do ruço, com quem viera almoçar; foi recebido com muita cortesia pelo dono da casa e, depois de conversarem algum tempo sentados no chão, o ruço fez sinal ao nobre visitante que o acompanhasse até a melhor sala da casa, onde o almoço seria servido. Notei a excelente educação do ruço, que se afastava diante de cada porta para que seu hóspede lhe tomasse a dianteira.

A refeição era composta de aveia fervida no leite, que o velho cavalo tomava quente e os outros fria. Comiam também o feno que retiravam de uma grande manjedoura com várias repartições; cada cavalo se utilizava de uma, alternando um bocado de feno com um gole de aveia com leite, como fazemos nós quando tomamos chá e bolo. Comiam com grande educação e muito tranquilamente, mastigando bem, como fazem todos os cavalos.

O almoço foi agradabilíssimo, tendo o dono da casa e a égua sua esposa conversado animadamente com o hóspede. Em determinado momento, o ruço chamou-me para perto de si, trocando diversos relinchos com o velho cavalo. Este olhou-me de olhos arregalados, como se eu fosse um habitante de outro planeta.

O mais engraçado é que o ruço parecia também muito surpreendido. A princípio não atinei com a causa de sua surpresa, já que me conhecia tão bem; depois descobri. Tinha calçado minhas luvas e o ruço não compreendia o que fizera eu de minhas patas dianteiras. Mostrava-se confuso, sem saber o que pensar diante do fenômeno: por fim não resistiu, e tocando-me três ou quatro vezes com o casco nas mãos, manifestou vontade de que eu devolvesse a minhas patas sua forma antiga.

Resolvi obedecer. Tirei as luvas e enfiei-as no bolso. Logo vários relinchos aprovaram minha atitude. O ruço virou-se para mim rinchando várias vezes a palavra "Yahoo", até que eu a repetisse. O velho cavalo sacudiu a cabeça em aprovação, o que me deixou muito vaidoso. Novamente o dono da casa quis exibir minha inteligência: fez-me repetir também a palavra *Houyhnhnm*. Ensinou-me também como se dizia "aveia", "leite", "fogo", "água" e muitas outras coisas em sua língua, o que aprendi logo, pois Lemuel Gulliver sempre teve grande facilidade para os idiomas.

Depois do jantar, o ruço chamou-me em particular e por meio de sinais acompanhados de palavras deu a entender sua grande preocupação ante minha alimentação precária. Não encontraria eu nada de que gostasse além de leite? Subitamente tive uma idéia: repeti a palavra *hlunnh* – aveia – até que ele entendesse. O ruço ordenou que me trouxessem aveia e logo pus mãos à obra: torrei-a esfregando-a depois até que ficasse completamente descascada; em seguida, bati e moí os grãos com o auxílio de duas pedras, e misturando-os com um pouco de água transformei-os numa massa. Com essa massa fiz uma espécie de pão, que cozi e comi com leite. Não era o alimento ideal, quanto ao sabor, mas consegui sustentar Lemuel Gulliver durante todo o tempo em que permaneci no país. E mais: nunca tive a menor indisposição enquanto lá permaneci. É bem verdade que às vezes conseguia caçar um coelho ou um pássaro, acrescentando também às minhas refeições algumas ervas que comia como se fosse salada. Fazia até mesmo um pouco de manteiga para acompanhar o pão. Senti a princípio muita falta do sal; depois me acostumei, e a tal ponto que passei muito tempo sem suportá-lo depois de voltar à Inglaterra.

À tarde, o ruço ordenou que me dessem um quarto a seis passos da casa e bem distante do covil dos Yahoos. Eu estava cansadíssimo por tantas emoções e só aspirava a um bom repouso. Desse modo, fiz uma boa cama de palha, cobri-me com meu próprio casaco e ferrei imediatamente no sono.

Capítulo 3

ENSINADO PELO RUÇO, O AUTOR APRENDE
A LÍNGUA DOS HOUYHNHNMS.
ESTES, CURIOSOS, VÊM VISITÁ-LO.
BREVE RELATO DE SUAS VIAGENS
FEITO PELO AUTOR AO AMO HOUYHNHNM.

Apliquei-me com afinco ao estudo da língua, ensinada por meu amo Houyhnhnm (é assim que o tratarei daqui para a frente), seus filhos e criados.

Todos se espantavam com o prodígio que eu era: um animal irracional com todas as maneiras e a inteligência de um animal racional! Apontava as coisas cujo nome desejava saber e eles o diziam a seguir, articulando os sons pela garganta e o nariz.

Sua língua é bem parecida com o alto holandês ou com o alemão, sendo porém muitíssimo mais graciosa e expressiva. Não é à toa que o Imperador Carlos V dissera certa vez: "Se tivesse que falar com o meu cavalo, eu o faria certamente em alemão." Sua Majestade acertou em cheio, embora não me conste que soubesse da existência dos Houyhnhnms.

Meu amo sentia-se tão impaciente por conversar comigo e satisfazer sua curiosidade que passava várias horas por dia ensinando-me o idioma do país. Embora ele estivesse certo de que eu fosse um Yahoo, minha limpeza, inteligência e educação o deixavam intrigado, pois eram qualidades impossíveis de serem encontradas num daqueles animais.

Outra coisa que o deixava muitíssimo curioso eram minhas roupas, pois não sabia se estas faziam ou não parte de meu corpo. Como eu as tirava depois que a família dormia e tornava a vesti-las antes que acordasse, o ruço continuava na dúvida.

Três meses depois eu já conseguia conversar com ele, se bem que com certa dificuldade. Quis logo saber de que país eu viera e como aprendera a imitar as criaturas racionais, uma vez que os outros Yahoos mostravam-se totalmente irracionais e incapazes de aprender. Nascera num país muito remoto, respondi, e chegara ao país dos Houyhnhnms pelo mar, numa grande caixa oca feita de troncos de árvores. Meus companheiros me haviam obrigado a desembarcar naquela região, abandonando-me à própria sorte.

Após ouvir-me com atenção, o ruço sacudiu a cabeça delicadamente. Eu devia estar enganado, falou ele, ou então dissera a *coisa que não era*. Fiquei sem saber o que responder: não tinha a mínima ideia do significado daquela expressão até descobrir que não havia na língua dos Houyhnhnms nenhuma palavra equivalente a *mentira* ou a *falsidade*. Meu amo continuou: sabia muito bem ser impossível que existisse um país além do mar: mesmo que houvesse, um grupo de Yahoos jamais poderia dirigir a grande caixa oca até as praias dos Houyhnhnms, por serem os Yahoos muito ignorantes e completamente estúpidos.

A palavra *Houyhnhnm*, na língua deles, quer dizer *cavalo*, e significa etimologicamente *"a perfeição da natureza"*. O que, em se tratando dos Houyhnhnms, me parece bastante verdadeiro.

Aflito com as minhas dificuldades naquele idioma, expliquei a meu amo a vontade que tinha de melhorar. Ele me compreendeu, determinando que a égua sua esposa, os filhos e todos os criados se revezassem para me ensinar a língua. Ele mesmo me daria lições sempre que pudesse.

Inúmeros cavalos e éguas de semblante nobre vieram ver-me, sabendo da existência de um extraordinário Yahoo que falava tão inteligentemente quanto um Houyhnhnm. Era uma roda-viva: conversavam comigo, faziam-me perguntas, queriam saber mil coisas do lugar de onde eu viera. Eu respondia com a maior das boas vontades, pois, além de serem todos muito delicados, o exercício me fazia conseguir fantásticos progressos na língua.

Ficavam todos assombrados. Como poderia um Yahoo falar daquela maneira? Minhas roupas também os intrigavam do mesmo modo que a meu amo. Um dia, contudo, este descobriu por acaso o mistério. Estava eu dormindo tranquilamente quando fui acordado pelo alazão, pois meu amo desejava ver-me. Notei que o criado estava de olho arregalado diante de mim: pronto, fora descoberto!

Quando cheguei até meu amo, ele já tinha sido avisado pelo alazão de que eu tirava a pele para dormir; o que sobrava, acrescentara o criado, era esquisitíssimo, branco e pelado.

Tinha eu ocultado até então o segredo de minhas roupas para me diferenciar o máximo possível dos infames Yahoos. Como me haviam descoberto, expliquei a meu amo que, na Inglaterra, os homens cobriam o corpo com a pele de certos animais não só para se protegerem do frio como também pela decência, sendo proibido andar nu.

Ele estava boquiaberto.

– Como é possível – retrucou – que se tenha vergonha de um corpo que a própria natureza nos deu? Por acaso ela nos presenteia com algo criminoso? Nós, os Houyhnhnms, não vemos o menor motivo para escondermos o que recebemos ao nascer.

Pediu-me então para tirar a pele, pois tinha curiosidade de ver o que havia debaixo dela. Atendi a seu pedido, desabotoando primeiro o casaco, depois o colete e por fim as calças; tirei também as meias e sapatos e fiquei totalmente nu na frente do Houyhnhnm.

Observou-me ele com o maior cuidado, dando várias vezes a volta em torno de mim; a seguir tocou-me o corpo delicadamente, declarando-se cada vez mais intrigado.

– Você é um Yahoo – disse-me, balançando a cabeça. – Entretanto difere do resto da espécie, pois tem a pele branca, garras curtas e é muitíssimo mais pelado do que aqueles animais. Sua mania de andar sempre sobre as patas traseiras também é esquisita, e não vejo explicação para todas essas coisas.

Isso dito, não quis ver mais nada e mandou que eu tornasse a vestir a roupa. Obedeci imediatamente, pois tremia como vara verde por causa do frio.

Expliquei-lhe então a minha infelicidade de que me confundissem com um desprezível Yahoo, coisa que eu absolutamente não era. Implorei-lhe que não tornasse a me chamar pelo nome desses repugnantes animais, ordenando também a seus parentes e criados que evitassem denominar-me desse modo. Pedi, além disso, que não revelasse a ninguém o mistério de minha "pele" até que as roupas se gastassem.

Meu amo concordou bondosamente com tudo o que pedi.

Numa das várias conversas que tínhamos um com o outro, perguntou-me ele quem havia feito a caixa de madeira que me trouxera, e como era possível que animais irracionais governassem meu país. Respondi-lhe o seguinte:

— Só poderei responder a essas e a outras perguntas se meu amo jurar não se ofender com o que vou contar.

Assegurou-me ele que não se ofenderia com coisa alguma. Então, iniciei meu relato.

— A caixa de madeira ou navio — disse-lhe — foi feita por homens iguais a mim, únicos racionais existentes em todos os países que visitei, com exceção deste aqui. Assim fiquei espantadíssimo ao chegar, vendo cavalos procederem como criaturas racionais, do mesmo modo que o senhor e seus amigos ficaram diante de meu comportamento. De nada adianta explicar-lhes que não sou um Yahoo, embora reconheça a minha grande semelhança com esses monstros.

— Se algum dia — prossegui — voltar à minha terra e fizer um relato do que vi neste país, todos vão pensar que eu estou dizendo 'a coisa que não é', tirando tudo de minha cabeça. Pois, com todo o respeito ao senhor e à sua família, meus conterrâneos jamais acreditarão que um Houyhnhnm seja presidente de um país e os Yahoos os irracionais.

Capítulo 4

IDEIAS DOS HOUYHNHNMS
SOBRE A VERDADE E A MENTIRA.
AS PALAVRAS DO AUTOR
SÃO DESAPROVADAS PELO RUÇO.

Enquanto falava, notei no rosto de meu amo uma inquietação cada vez maior.

Como seria possível que meus patrícios duvidassem ou não acreditassem em minha história? Tais descrenças eram tão estranhas ao modo de pensar dos Houyhnhnms que tive grande dificuldade em fazê-lo entender o significado da mentira. Meu amo raciocinava assim: a palavra nos foi dada para dizermos uns aos outros o que pensamos e para conhecermos o que ignoramos. Ora, se dizemos "a coisa que não é", a palavra se torna inútil. E o que é pior: aumenta a ignorância de quem ouve, pois este é convencido de que uma coisa branca é preta, ou uma coisa grande é pequena.

Assim pensam os Houyhnhnms – e com toda a razão – sobre a mentira, defeito tão largamente exibido pelos homens.

Garanti a meu amo que, na Inglaterra, os Yahoos eram os únicos senhores e governantes. Embora mostrando uma enorme surpresa no longo focinho, ele quis saber se tínhamos em meu país muitos Houyhnhnms e o que faziam.

– Existe lá grande quantidade deles – respondi. – No verão pastam em grandes campinas, permanecendo no inverno em espaçosas casas de madeira. Os Yahoos preparam sua comida, escovam seu dorso e penteiam-lhes as crinas, tendo com os Houyhnhnms os maiores cuidados.

– Compreendo – murmurou pensativamente meu amo. – Embora os Yahoos se gabem de possuir algum raciocínio, os Houyhnhnms são os senhores, mesmo na Inglaterra. Quem dera que nossos Yahoos fossem tão dóceis e bons criados como os de seu país! Mas prossiga, por favor.

Implorei-lhe que me dispensasse de continuar o relato, pois temia ser este muito desagradável aos Houyhnhnms. Meu amo, contudo, insistiu em ouvi-lo, afirmando-me mais uma vez que não me preocupasse: não se ofenderia com coisa alguma.

– Pois bem – disse eu. – Os Houyhnhnms, aos quais chamamos de cavalos, são os mais belos e elegantes animais que existem entre nós. Fortes e velozes, são usados para transportar pessoas, carruagens e também disputam corridas famosas no país inteiro. São tratados com muita bondade pelos donos até ficarem doentes, quando então, vendidos a preço baixo, vêem-se empregados nas mais miseráveis ocupações.

– Depois que morrem suas peles são arrancadas e vendidas a outros Yahoos, que abandonam o corpo dos Houyhnhnms em terrenos baldios para que sejam devorados pelos lobos e aves de rapina.

– Tal é o fim dos mais belos e nobres Houyhnhnms em minha terra – continuei. – Mas nem todos são bem tratados e felizes como os que acabei de citar; os cavalos comuns, dos lavradores, carroceiros e cocheiros, são obrigados a trabalhar arduamente, embora maltratados e mal alimentados.

Descrevi então nossa maneira de cavalgar, a utilidade do freio, da sela, das esporas e do chicote. Falei também sobre as placas de uma substância muito dura chamada "ferro", que se aplicam aos cascos para que não se rompam nos caminhos pedregosos.

Meu amo estava indignadíssimo. Como nos atrevíamos a montar num Houyhnhnm, criatura muito superior a nós sob qualquer ponto de vista? Se o mais vigoroso dos Yahoos ousasse fazer semelhante coisa com o menor de seus criados, seria imediatamente atirado ao chão, pisoteado e esmagado.

Expliquei-lhe então que nossos cavalos eram domados ainda muito jovens, e que, se algum deles se mostrasse rebelde, era utilizado em puxar carroças, lavrar terras e ainda por cima moído de pancadas; quando se destinavam a serem montados ou a puxarem os carros dos Yahoos, os machos eram castrados aos dois anos, a fim de permanecerem dóceis e obedientes. Mostravam-se de fato temerosos dos castigos e satisfeitos com as recompensas, sendo, entretanto, tão completamente destituídos de raciocínio quanto os Yahoos no país dos Houyhnhnms.

Tive uma trabalheira para que meu amo compreendesse tudo isso, pois tendo os Houyhnhnms muito menos paixões e necessidades do que nós, sua língua é bem menos rica do que a nossa. Há no idioma Houyhnhnm uma quantidade pequena de palavras, mas perfeitamente suficiente para a sabedoria daquele povo.

Quando acabei de falar, meu amo balançou a cabeça:

– É claro – disse – que se em seu país os Yahoos são os únicos dotados de inteligência, serão eles os governantes, pois a razão sempre vencerá a força bruta. Contudo, examinando seu corpo, vejo ser ele muito frágil para se servir do raciocínio pela vida afora.

Perguntou-me também se todos os Yahoos de meu país pareciam-se comigo. Respondi que éramos mais ou menos iguais, sendo as mulheres mais delicadas que os homens.

– Realmente – disse ele – existem algumas diferenças entre você e os Yahoos que temos aqui; você é mais limpo e não tão horrendo quanto eles; estes, contudo, são superiores, pois contam com diversas vantagens; possuem quatro sólidas patas, enquanto você só usa as duas traseiras para caminhar. Se uma escorrega, o corpo todo cairá. Além disso, essas patas são frágeis e sem pelos que as protejam do frio, o que acontece, aliás, com todo o corpo.

Criticou também meu rosto, o comprimento do nariz, os olhos colocados muito na frente, o que me impedia de olhar para os lados sem ter que virar a cabeça na direção desejada. Disse achar um absurdo que eu não pudesse comer sem o auxílio de minhas patas dianteiras; não via também nenhuma finalidade nas várias fendas no final de cada pata, pois isso as fazia ainda mais fracas.

– Bem – acrescentou –, deixemos essas coisas de lado. Fale-me de sua vida e do país em que nasceu, sobre o qual estou muito curioso.

Contei-lhe que era filho de pais honestos e nascera numa remota ilha denominada Inglaterra, tão distante que o mais vigoroso dos Houyhnhnms gastaria no mínimo quatro estações inteiras para alcançá-la. Disse-lhe também que era cirurgião, ofício que consiste em curar os males e feridas do corpo; que meu país era governado por uma fêmea do homem, a quem chamamos "rainha". Que eu, Lemuel Gulliver, viajava por ter o espírito aventureiro e para poder sustentar minha família. Desgraçadamente, numa dessas viagens, a caixa de madeira que eu comandava sofreu grande perda de homens, o que me obrigou a contratar outros tantos num país diferente.

Aqui, fui interrompido por uma pergunta:

– Como conseguiu que estrangeiros viajassem com você, se iam correr o mesmo perigo que havia matado os outros Yahoos?

Respondi que eram todos desgraçados sem eira nem beira, sendo a maioria formada de assassinos, ladrões, traidores, falsários, desertores e fugitivos das prisões. Por isso, escapavam de seu país e conseguiam emprego nos navios e portos distantes.

Meu amo obrigou-me a parar.

– Por que cometem eles ações tão más? – perguntou-me –, que necessidade têm desses crimes?

Para fazê-lo entender semelhante coisa, fui obrigado a conversar com ele dias a fio. Tive que explicar-lhe o que era "poder", "lei", "guerra", "castigo", palavras e ideias que não existem na línguagem dos Houyhnhnms. No entanto, graças à sua inteligência e sabedoria, meu amo acabou compreendendo perfeitamente o que o ser humano é capaz de fazer.

Capítulo 5

O AUTOR FALA DA INGLATERRA.
EXPLICA OS MOTIVOS DAS GUERRAS ENTRE
OS REIS DA EUROPA. RETRATO DOS JUÍZES
E ADVOGADOS INGLESES.

O Houyhnhnm pediu-me então que falasse sobre minha pátria.

O que vou contar a seguir é fruto de dois anos de conversas entre meu amo e eu, tempo durante o qual descrevi longamente a situação da Europa; seu comércio, artes, ciências e mil outras coisas desse tipo. Falei sobre a invasão do príncipe de Orange à Inglaterra e da guerra travada por ele contra o poderoso rei de França, guerra na qual haviam morrido cerca de um milhão de Yahoos. Mais de cem cidades foram invadidas e quinhentos navios afundados, dormindo estes agora no fundo do oceano.

Perguntou-me o amo quais eram as causas de algo tão horrível como a guerra.

– Existem muitas – respondi, depois de um momento. – A principal é a ambição de certos reis, que nunca julgam suficientes as terras e os povos governados por eles. Outras vezes é a corrupção de um ministro que empenha seu rei numa guerra a fim de desviar a reclamação dos súditos contra uma péssima administração. Outra, a diferença de opiniões: um imagina que assobiar é bonito, o vizinho já o julga um crime; um acha que se devem usar roupas pretas, outro, vermelhas; um é de opinião que o chapéu deve ser duro e de aba reta, outro, que deva ser mole e de aba caída sobre as orelhas. E por aí vão, cada qual achando o que pensa a perfeição das perfeições.

– Quanto menos importante é o motivo da guerra, mais longa, furiosa e sangrenta ela será – continuei. – Dois reis entram em guerra porque ambos querem dominar o país de um terceiro, sobre o qual nenhum deles tem direito algum. Às vezes o conflito se inicia porque o inimigo é demasiado forte; outras, porque é demasiado fraco. Às vezes nossos vizinhos querem as coisas que temos, ou têm as coisas que queremos, e ambos lutamos até que eles nos tomem as nossas ou nos deem as suas.

– Um país está fraco, destruído pela peste ou arrasado pela fome? – perguntei. – O rei do país vizinho vem em seu "socorro", acaba de demolir o que ainda se encontra de pé e o domina totalmente. Um povo é ignorante, pobre e frágil? Ataca-se e chacina-se uma boa parte da população e reduz-se o resto à escravidão a fim de civilizá-la.

– É muito frequente e considerado até bastante glorioso que um rei acuda com seus exércitos a um país vizinho em luta com o invasor, e depois de expulsar esse mesmo invasor se apodere dos domínios libertados, matando, prendendo ou exilando o rei que acabou de salvar.

– Os laços de sangue – prossegui – ou mesmo matrimoniais causam frequentemente a guerra entre os príncipes; quanto maior o parentesco, mais próximos estão de se tornarem inimigos. As nações pobres vivem esfomeadas e as nações ricas são ambiciosas: ora, a miséria e a ambição estão sempre às turras, e a briga termina com as nações pobres sendo atacadas pelas outras. Por todas essas razões, o ofício do guerreiro é o mais belo e honroso entre nós: guerreiro é o Yahoo a quem se paga para matar, a sangue-frio, a maior quantidade possível de gente que nunca lhe fez mal algum.

Fiquei em silêncio, sentindo-me bastante desanimado com minha própria narrativa. O amo Houyhnhnm parecia refletir sobre o que ouvira.

– O que disse – falou ele – demonstra muito bem sua clareza de raciocínio. É uma felicidade que a natureza tenha feito os Yahoos da Europa com a boca enterrada na cara, para que só possam morder uns aos outros aos bocadinhos. Quanto às garras que têm nas patas dianteiras e traseiras, são tão fracas e curtas que bastaria um de nossos Yahoos para dar cabo de uns doze dos seus. Quanto àquele número elevado de mortos em combate, só posso acreditar que me disse a coisa que não é.

Não pude deixar de abanar a cabeça e de sorrir com a ignorância de meu amo. E como eu não desconhecia totalmente a arte da guerra, fiz-lhe uma boa descrição dos canhões, mosquetes, carabinas, pistolas, cercos, retiradas, ataques, minas, contraminas, bombardeios, batalhas navais, navios afundados com toda a tripulação, gemidos de moribundos, o fumo, o fogo, as trevas, os clarões, membros saltando pelo ar, o mar ensanguentado e coberto de cadáveres; falei também dos homens amassados sob as patas dos cavalos, fugas, perseguições, campos com milhares de mortos, os lobos e as aves de rapina, o saque, o incêndio e a destruição.

Para realçar a coragem de meus compatriotas, disse ao amo que vira, num assédio, fazerem explodir cem inimigos ao mesmo tempo. Contei também que, em certa batalha naval, os ingleses haviam bombardeado de tal modo um navio que os corpos dos Yahoos inimigos tinham voado, caindo aos pedaços do céu, como se fossem chuva. Esse espetáculo fora recebido com muita alegria por parte dos ingleses, que deram até mesmo um "hurra!" pela perícia do tiro.

Ia continuar a minha descrição quando meu amo ordenou que me calasse.

– Não quero que meus ouvidos – explicou ele – se acostumem a essas palavras abomináveis e acabem por ouvi-las com menos horror. Embora os Yahoos daqui nos desagradem profundamente, não os culpamos mais do que culparíamos um abutre por ser ave de rapina, ou a uma pedra que nos fira o casco. Mas, quando uma criatura que se diz racional é capaz de tamanhas atrocidades, a deformação de seu raciocínio é ainda pior do que a própria violência cometida.

– Fale-me agora a respeito de algo que me deixou muito curioso – pediu, mudando de assunto. – Entre os Yahoos de seu navio havia muitos desgraçados a quem as leis arruinaram, não é verdade? Pois bem: como é possível que essas leis, feitas para melhorarem a vida de todos, possam desgraçar alguns? Além do mais, para que leis? A natureza e o raciocínio não são suficientes para que os Yahoos ingleses saibam o que devem e o que não devem fazer?

Expliquei a meu amo que eu não entendia grande coisa de jurisprudência, que é a ciência das leis. Meus conhecimentos se limitavam ao que aprendera com advogados que contratara – sem nenhum resultado, aliás – para defender-me de algumas injustiças. No entanto, lhe diria tudo que soubesse a respeito.

– Existe entre nós uma quantidade de homens, tão grande como a das lagartas, que são treinados desde muito jovens na arte de provarem que o preto é branco e o branco é preto, conforme sejam pagos para dizer uma coisa ou outra. Todo o resto do povo é escravo desses homens. Por exemplo, se meu vizinho quer ficar com a minha vaca, contrata um advogado para provar que tem direitos a essa vaca. Nesse caso tenho que contratar outro advogado para defender também os meus direitos, pois é contrário aos nossos costumes que um homem possa falar em seu próprio nome diante da lei.

– Ora – continuei –, eu, que sou o dono, me vejo ante duas desvantagens; primeira: meu advogado, acostumado desde cedo a defender a falsidade e a mentira, está completamente fora de seu elemento quando precisa defender a verdade e não sabe como desvencilhar-se. Faz essa defesa, portanto, com grande má vontade e habilidade nenhuma; segunda: meu advogado tem que ser cauteloso e dissimulado, para que seus colegas não o censurem por degradar a profissão. Assim, tenho dois métodos para conservar a minha vaca. O primeiro é subornar o advogado adversário, pagando-lhe um bom dinheiro para que traia seu cliente. O segundo, fazer com que meu advogado afirme diante do juiz que não tenho a menor razão e que a vaca nunca foi minha coisa alguma, pertencendo mesmo a meu adversário. É tiro e queda: o juiz ficará inevitavelmente do meu lado, dando-me ganho de causa.

– Os juízes – prossegui depois de um suspiro – são as pessoas que decidem quem está com a razão num processo. Escolhidos entre os melhores advogados depois de velhos e preguiçosos, são respeitadíssimos não só por seu poder como pela enorme experiência de lutarem contra a verdade e favorecerem a fraude, a calúnia e a opressão. Tão habituados estão a essas coisas que muitos já recusaram grande quantidade de dinheiro oferecida por certos clientes, só porque teriam de fazer a balança da justiça inclinar-se a favor dos que estavam com a razão. E não há nada que um juiz abomine tanto como a justiça, não combinando esta nem com seu ofício nem com sua inclinação natural.

Dei uma olhada mais atenta a meu amo, cujo focinho parecia mais comprido do que de costume.

– Acham os juízes que tudo o que foi julgado, foi bem julgado – continuei. – Assim, conservam todas as decisões anotadas para que no futuro tomem novas decisões baseadas nas antigas, ainda que estas possam estar erradíssimas. Outra característica dos juízes: detestam que um caso lhes seja explicado de maneira clara e breve; apreciam enormemente quando o advogado foge do assunto, o que acontece quase sempre, e faz uma longa, monótona e ininteligível exposição sobre mil detalhes que nada têm a ver com a questão tratada.

– Para felicidade dos juízes, os advogados não lhes ficam atrás – acrescentei. – No meu caso, por exemplo, não queriam saber quem era o verdadeiro proprietário da vaca, mas se esta era vermelha ou preta, se tinha os chifres curtos ou compridos, se pastava em campo redondo ou quadrado, se era ordenhada dentro ou fora da casa, se dava muito leite ou não, e assim por diante; depois disso, consultam as decisões antigas, adiam a questão de tempos em tempos e chegam, dali a dez, vinte ou trinta anos, a uma decisão qualquer.

Expliquei também a meu amo que os homens da lei possuem uma linguagem própria, complicadíssima, que ninguém entende. Nessa linguagem nobre é que são escritas todas as leis, as quais são tão numerosas e intricadas – confundindo tanto a verdade com a mentira – que foram necessários trinta anos para decidirem se a propriedade que recebi de herança e que pertence à minha família há seis gerações pertencia mesmo a mim ou a um estranho que habitava a trezentas milhas.

– Há um caso, porém, que se decide com bastante rapidez – concluí. – Quando a pessoa é acusada de crime contra o Estado, o juiz sonda primeiro a vontade dos que se encontram no poder; depois disso, enforcam ou salvam o criminoso, obedecendo contudo rigorosamente às formas da lei.

Nesse instante meu amo não se conteve.

– É lamentável – disse ele balançando o focinho – que criaturas tão inteligentes e conhecedoras de tanta coisa não transmitam tais conhecimentos às outras criaturas. Porque esses advogados e juízes devem ser pessoas muito cultas e sábias.

– Coisa nenhuma! – respondi, indignado, a meu amo Houyhnhnm. – Conhecem apenas seu ofício: fora dele, compõem a classe mais ignorante e estúpida que conheço, e a mais desprezível no trato diário. São inimigos declarados de todo o saber, de toda a cultura, estando sempre dispostos a torcer a verdade e deformar o raciocínio dos homens. É um presente dos céus que os Houyhnhnms não tenham semelhante flagelo entre eles!

Capítulo 6

SOBRE O LUXO, MISÉRIAS E DOENÇAS
QUE REINAM NA EUROPA.
O QUE É UM PRIMEIRO-MINISTRO?
DESCRIÇÃO DA NOBREZA.

Meu amo não podia compreender o comportamento dos advogados e juízes.

— Que motivo — perguntou ele, bastante perplexo — leva os homens da lei a serem tão pérfidos e malvados com aqueles que precisam de auxílio?

Quando respondi que era principalmente por dinheiro, tive nova trabalheira, pois meu amo nem imaginava o que fosse semelhante coisa. Expliquei-lhe que, tendo um Yahoo boa quantidade dessa preciosa substância, poderia viver maravilhosamente bem. Não seria obrigado a trabalhar para obter alimentos, teria as roupas mais elegantes e bonitas, grandes extensões de terra, as mais deliciosas comidas e bebidas e as mulheres mais formosas.

Como só o dinheiro poderia comprar essas coisas, nossos Yahoos achavam que nunca o tinham em quantidade suficiente; tanto para esbanjá-lo como para guardá-lo no baú — caso sejam avarentos. Os Yahoos europeus não conseguem esquecê-lo durante um minuto sequer de sua vida. Os ricos abusam do trabalho dos pobres, lucrando muito com ele; os pobres se esfalfam de manhã à noite sem um momento de descanso, para terem um pouco de comida e um teto que os abrigue.

Como os pobres são milhões e os ricos muito poucos, a situação na Inglaterra e em toda a Europa é triste e injusta.

– Como! – exclamou meu amo, sem entender coisa alguma de minhas palavras. – Se todos os animais têm igual direito aos produtos da terra, por que somente uns poucos Yahoos, e justamente os que não trabalham, é que podem comer com abundância? E que comidas deliciosas são essas que somente os Yahoos ricos podem comprar?

Descrevi o melhor que pude os manjares que me acudiram à memória, pois Lemuel Gulliver não é muito forte nesse assunto. Falei também dos navios que transportavam temperos, molhos, bebidas finas e toda espécie de comidas extravagantes de terras remotas para o nosso continente.

– Esses países devem ser muito miseráveis – interrompeu meu amo –, para que sejam obrigados a buscar alimentos em outras regiões. Nem sequer água existe, e precisam atravessar os mares para encontrar o que beber!

Corrigi seu erro, explicando que a Inglaterra, por exemplo, produzia grande quantidade de comida; possuía também muita água fresca e bebidas de várias espécies. Contudo, para aplacar a gulodice e a insatisfação de nossos Yahoos machos, e a vaidade de nossas Yahoos fêmeas, é que enviávamos para outros países uma grande quantidade das nossas coisas necessárias e mandávamos vir para o nosso uma grande quantidade de coisas desnecessárias, que, aliás, muitas vezes nos causavam doenças e vícios.

– Como a paixão pelas coisas desnecessárias é uma das características de nossos Yahoos – expliquei –, todos têm uma absoluta febre pelo dinheiro com que possam comprá-las. Se não o conseguem trabalhando, roubam, trapaceiam, bajulam, caluniam, falsificam, jogam, mentem e difamam.

É claro que tive o maior trabalho para explicar a meu amo o significado desses termos.

– Trazemos vinho dos outros países – acrescentei –, não porque nos falte água ou mesmo outras bebidas, e sim porque o vinho afasta as ideias tristes, tornando-nos alegres; produz mil fantasias no cérebro, expulsa nossos temores e fortalece a esperança, amortecendo o raciocínio até apagá-lo por completo durante algum tempo. Caímos então num sono profundo, do qual, é bem verdade, acordamos indispostos e desalentados. O uso continuado dessa bebida nos enche de doenças e torna nossa vida breve e incômoda.

Contei-lhe também que o amor às coisas desnecessárias obrigava os Yahoos a vestirem muitas roupas e enfeites.

— Meus próprios trajes — acrescentei — exigiram o trabalho de muitos operários. A mobília de minha casa foi executada por centenas de mãos e as roupas e adornos de minha mulher, pelo dobro desse número. A vida de nossos Yahoos é muito complicada; por exemplo, em vez de comermos apenas coisas saudáveis e que nos fizessem bem, nos empanturrávamos com toda espécie de alimentos errados e indigestos.

— Era muito comum — suspirei — passarmos noites inteiras bebendo líquidos abrasadores, sem comer coisa alguma, o que nos fazia um mal horrível. Tínhamos também como norma comer quando não sentíamos fome e beber quando não sentíamos sede, unicamente por gula. Esse hábito nos deixava empanzinados, gordos e lentos, provocando-nos também mil e um achaques.

Falei, então, durante um bom pedaço de tempo, sobre as numerosas doenças que nos afligiam, explicando que cada parte de nosso corpo dispunha de centenas e centenas delas.

— Para curar-nos — esclareci — temos Yahoos que se consagram unicamente ao estudo do corpo humano; através de diversos remédios, extirpam nossas doenças, restabelecem-nos a saúde e nos prolongam a vida. Esses Yahoos partem do princípio de que esses males que nos atingem têm que ser expulsos de qualquer modo, seja por cima, seja por baixo. Assim, obrigam-nos a beber remédios em que misturam ervas, minerais, gomas, óleos, sais, escamas, cascas de árvores, pó de serpente, de sapo, de rã, de aranha, de peixe e mil outras coisas, de cheiro e gosto abomináveis, que nos enojam e de tal modo nos enjoam o estômago que vomitamos na hora todos os males. Pelo menos é o que pretendem os médicos. Às vezes, não contentes com os resultados, mudam de método, explicando-nos que a natureza deu-nos um orifício superior – para engolir – e um orifício inferior – para expulsar: acham então que trocando essas funções conseguem nossa cura, e nos obrigam a expelir pelo orifício de cima através de vomitórios e a engolir pelo orifício de baixo através de lavagens.

– Além das doenças verdadeiras – continuei – temos ainda as imaginárias, para as quais são inventadas curas também imaginárias. Esses males atacam principalmente, ainda não se sabe por quê, as mulheres dos Yahoos. Quanto à habilidade dos médicos, consiste de um modo geral em dizer o que acontecerá ao doente, sobretudo se este se encontrar à morte. Se um deles erra a previsão e o doente começa a se restabelecer, o médico pespega neste uma boa dose de qualquer substância forte que corrige a situação, fazendo descer à terra o moribundo e subir aos céus sua fama de profissional competente.

– Podendo resolver as coisas dessa maneira – expliquei –, os médicos são especialmente úteis aos maridos cansados de suas esposas, aos filhos mais velhos, aos ministros de Estado e aos reis.

Nesse ponto meu amo interrompeu-me, desejando saber o que era um ministro de Estado.

– Ministro de Estado ou primeiro-ministro – esclareci – é uma criatura que não sente alegrias, dores, amor, ódio, piedade ou cólera. As únicas paixões que conhece são pela riqueza e pelo poder. Usa a palavra para tudo, menos para dizer a verdade. Quanto mais difama uma pessoa pelas costas, mais próximo está ele da promoção esperada; quando, porém, elogia determinado homem frente a frente ou por trás, o pobre coitado está completamente perdido. Quem recebe então a promessa de um primeiro-ministro confirmada por um juramento, sabe que o melhor a fazer é fugir com quantas pernas tenha.

– Que qualidades são necessárias para que um de seus Yahoos seja primeiro-ministro? – quis saber meu amo.

Respondi que para alcançarem esse posto os primeiros-ministros faziam uma de três coisas: serviam-se de uma filha ou irmã para serem nomeados; traíam ou difamavam o ministro anterior; reclamavam furiosamente contra a corrupção da corte. Uma vez no cargo, permaneciam nele subornando o Senado ou o Grande Conselho e retiravam-se mais tarde da vida pública carregando consigo os dinheiros da nação.

Meu amo sacudiu a cabeça, totalmente incrédulo.

Quando comecei a falar dos fidalgos da Inglaterra, ele me interrompeu dizendo-me que na certa eu seria um deles: além do raciocínio que possuía, era mais alto e limpo que qualquer Yahoo jamais visto. Acrescentou também que entre Houyhnhnms os brancos e os alazões não eram tão inteligentes e formosos quanto os castanhos, ruços ou pretos. Assim, os primeiros já nasciam criados e não se incomodavam nem pensariam jamais em mudar tal situação.

Esclareci a meu amo que em minha família não havia nem sombra de nobreza. Eu nascera de pais simples e honrados, qualidades muito pouco encontradas entre os fidalgos. Estes, educados desde a infância no luxo e na ociosidade, são entediados, arrogantes, estúpidos, caprichosos e orgulhosos. Muito cedo esbanjam a saúde e a fortuna, casando-se depois com uma mulher a quem odeiam, contanto que seja rica, e acabam seus dias na dissipação e no desregramento.

– Entre nós – acrescentei – um corpo magro, branco e doente é o verdadeiro sinal da nobreza. Uma aparência robusta e sadia é considerada de mau gosto, e tão desonrosa que os outros fidalgos logo conjeturam se o verdadeiro pai do saudável moço não é um criado ou um dos cocheiros da casa.

Capítulo 7

COMPARAÇÃO ENTRE OS YAHOOS E OS HOMENS.

O leitor deve estar perplexo com as descrições que fiz dos homens para o Houyhnhnm, que já tinha, por si só, uma péssima opinião sobre os Yahoos.

Confesso, porém, que as extraordinárias qualidades de meu amo, assim como as dos outros Houyhnhnms, me abriram de tal maneira os olhos que passei a desprezar profundamente os seres humanos. Enxerguei também muitos defeitos em mim que antes me haviam passado despercebidos e que entre os ingleses jamais seriam vistos como tal.

Aprendi o valor da verdade, assim como passei a odiar a falsidade e a mentira. E mais: ainda não permanecera um ano no país dos Houyhnhnms e já amava tanto essa raça nobre e sábia que pretendia não mais voltar à Inglaterra. Como seria feliz se pudesse ter ficado! O destino, contudo, sempre decidiu como bem entendeu a vida de Lemuel Gulliver, sem consultar minha vontade.

Certa manhã bem cedo, fui chamado à presença de meu amo. Depois que nos sentamos um diante do outro, disse-me que meditara profundamente sobre minhas palavras; que nos considerava animais dotados de uma pitada de razão, utilizada apenas para multiplicar nossas necessidades originais e criar problemas e mal-estares de toda espécie, para nós e para nossos semelhantes; que eu não tinha a força nem a agilidade de um Yahoo comum; que caminhava só com as patas traseiras, que não tinha garras nem pelos que me protegessem do calor e do frio, não podendo também correr ou trepar em árvores com rapidez.

– Só nisso são diferentes dos Yahoos daqui – continuou ele. – Porque em quase tudo a semelhança é completa: os Yahoos deste país também se odeiam mortalmente e vivem brigando pelas razões mais estúpidas e mesmo sem razão. Por exemplo: se atiramos a cinco Yahoos um pedaço de carne suficiente para alimentar duzentos, em vez de comerem em paz cada qual o seu pedaço, engalfinham-se pelas orelhas, mordem-se e dilaceram-se, querendo tudo para si. Devido a isso, nós os alimentamos um por um, ficando os outros amarrados enquanto esperam.

– Se morre uma vaca nos arredores da casa – prosseguiu meu amo – os Yahoos de fora se aproximam em bando e travam violentíssimas lutas entre si pela carne. Só não se matam porque não possuem, como os Yahoos ingleses, armas assassinas; apesar disso, saem com ferimentos profundos da batalha, e muitos ficam tão fracos que nem conseguem comer. Outras vezes, os Yahoos de duas regiões brigam furiosamente sem qualquer causa visível. Para isso se espiam durante algum tempo, até que haja um bom momento de saltar sobre o adversário. Quando não encontram com quem brigar fora de casa, travam sangrentas batalhas entre si, numa espécie de guerra civil.

Meu amo ficou um bom momento pensativo. Depois continuou:

– Há em nosso país umas pedras brilhantes muito apreciadas pelos Yahoos. Quando as descobrem, eles as desenterram do lugar de origem e as enterram novamente em outro lugar, às escondidas dos outros companheiros. Vigiam incansavelmente esse tesouro. Nunca consegui entender a utilidade que teriam tais pedras para eles, mas, depois de nossas conversas, vejo que os Yahoos daqui praticam a avareza.

– Certa vez – explicou ele – resolvi mudar de lugar as pedras que um dos Yahoos havia enterrado, a fim de observar sua reação. Quando percebeu a ausência do tesouro, o animal se pôs a uivar, a gritar e a morder furiosamente qualquer Yahoo que se aproximasse; depois, caiu em grande fraqueza; já não queria comer, dormir nem trabalhar. Mandei então que um criado repusesse as pedras onde o Yahoo as enterrara: foi um fantástico remédio! Vendo seu tesouro no lugar, o Yahoo recobrou imediatamente o ânimo, pulando e fazendo caretas de alegria. Pouco depois, entretanto, levou cuidadosamente as pedras para outro lugar, onde as enterrou longe dos olhos de todos. Às vezes, dois Yahoos brigam encarniçadamente por uma dessas pedras até que chega um terceiro e a rouba, terminando a questão de um modo bem mais rápido que nos processos ingleses, segundo me parece.

– Uma das manias mais odiosas dos Yahoos – continuou – é comerem até ficarem a ponto de rebentar. Depois, mastigam certa raiz que lhes produz um alívio geral. Existe também outra raiz, muito suculenta, que os Yahoos sugam com avidez: produzindo ela o mesmo efeito que o vinho, leva os Yahoos a se espancarem, uivarem, rirem, gritarem, e caírem, terminando por adormecerem no meio da lama.

– Não sei se sabe – esclareceu meu amo –, mas há também entre os Yahoos uma espécie de presidente, mais deformado e mau que o resto do bando. Tem ele um favorito cuja função é lhe lamber os pés, sendo por isso recompensado de vez em quando com um naco de carne de burro. É mantido no cargo enquanto não aparece outro, mais feio e de pior caráter, quando então é posto para fora aos pontapés. O resto do bando, ao ver o favorito expulso, lança-se contra este, insultando-o, mordendo-o e atirando-lhe toda a sorte de coisas desagradáveis. Creio que a organização dos Yahoos parece-se muito com a dos ingleses, não é verdade?

Cabisbaixo, nada retruquei a essas palavras. Meu amo prosseguiu:

– Outra característica dos Yahoos que nenhum Houyhnhnm consegue entender: de quando em vez, enfurnam-se num canto, deitam-se, uivam, gemem e distribuem pontapés em todas as coisas que estão por perto. E não pense que algo lhes esteja fazendo falta: mesmo quando jovens e bem alimentados, têm a mesma mania. Para curar esses lúgubres pensamentos, os Houyhnhnms pespegam nos Yahoos em crise qualquer trabalho bem pesado e difícil; resultado: curam-se imediatamente.

Capítulo 8

OUTRAS CARACTERÍSTICAS DOS YAHOOS.
O MODO DE SER DOS HOUYHNHNMS.

As palavras de meu amo espicaçaram-me a curiosidade a respeito dos Yahoos. Assim sendo, pedi-lhe que me deixasse examinar bem de perto os detestáveis animais.

Sabendo da aversão que eu sentia por eles e certo de que não me corromperiam, meu amo permitiu, ordenando contudo, por uma questão de segurança, que o alazão me acompanhasse. Não seria Lemuel Gulliver quem discordaria de semelhante medida; por três ou quatro vezes quase caí nas garras daqueles horrendos animais e não desejaria repetir a dose por nada desse mundo.

Acho que os Yahoos pensavam ser eu da mesma espécie que eles. Arremedavam-me de longe, faziam horríveis caretas e odiavam-me com todas as forças.

Certa vez, consegui agarrar um macho ainda muito jovem, que abriu a boca num berreiro de acordar um surdo; espernevava, mordia e arranhava com tanta vontade que fui obrigado a soltá-lo. Ainda bem para mim, pois um bando de Yahoos adultos já começava a me cercar, atraído pela gritaria. Vendo entretanto o pequeno Yahoo correndo entre as árvores e o alazão a meu lado, mantiveram-se a distância. O raio do filhote, entretanto, molhara minha roupa com um líquido amarelo e de cheiro nauseabundo; felizmente havia um regato bem próximo, onde me lavei, pois não ousava aparecer na presença de meu amo tendo sido "batizado" pelo Yahoo.

Aprendi uma quantidade enorme de coisas sobre esses seres inferiores. Descobri que os Yahoos são indisciplinadíssimos, sabendo fazer poucas coisas além de carregar pesos. São também astutos, maldosos, traiçoeiros, vingativos, cruéis e covardes.

Os Houyhnhnms mantêm perto de casa os Yahoos que os servem; os outros se espalham pela região – sempre em bandos –, à procura de cadáveres de animais e raízes para comerem. Com suas garras afiadas cavam profundas tocas nas encostas dos morros, onde se abrigam.

Certo dia aconteceu-me uma estranha aventura. Como fizesse muito calor, resolvi tomar um banho nas águas cristalinas de um riacho. Sem que eu a notasse, uma jovem Yahoo aproximou-se silenciosamente e pulou sobre mim, apertando-me em seus braços com todas as forças. Tomei um grande susto e soltei um grito, com medo principalmente de que ela me arranhasse com suas garras. Entretanto isso não aconteceu. Ouvindo meu grito, o alazão que sempre me acompanhava acudiu imediatamente, pondo para correr a atrevida Yahoo. Essa ridícula história – contada em casa pelo alazão – fez com que toda a família risse muito às minhas custas, o que me causou vergonha ainda maior. Como poderia eu agora afirmar que não era um verdadeiro Yahoo, se até as fêmeas dessa espécie sentiam-se atraídas por mim?

Tendo vivido durante três anos naquele país, contarei ao leitor os usos, costumes e a maneira de ser dos admiráveis Houyhnhnms. Como nasceram bondosos, mansos e tranquilos, essas extraodinárias criaturas não admitem nem entendem a maldade num ser dotado de raciocínio. Não conseguem defender dois lados de um problema, como fazem os homens, e tive a maior dificuldade em ensinar-lhes o que significava a palavra "opinião".

Nunca brigam nem discutem, pois pensam todos de maneira clara e reta, chegando às mesmas conclusões. São amigos de todos os Houyhnhnms, e tratam bem não só aquele que mora na casa ao lado como aos estranhos vindos de outra região. Não se invejam nem odeiam os seus semelhantes.

Amam os filhos do vizinho de maneira tão desinteressada e sem exageros quanto aos seus próprios, pois julgam todos irmãos. As fêmeas Houyhnhnms, em geral, têm apenas dois filhos, impedindo assim a superpopulação no país. Contudo, os Houyhnhnms que servem de criados podem ter até seis filhos sem problemas.

Quando se casam, prestam uma atenção especial à cor do pelo de cada noivo, para que não surjam nos filhos combinações feias ou mesmo desagradáveis. Na maioria das vezes, procuram um par semelhante; por exemplo, um ruço malhado casa-se quase sempre com uma ruça malhada, um cinzento com uma cinzenta, e assim por diante. Para os Houyhnhnms, a nobreza está na conformação, estatura, cor e ligeireza, que quase sempre passam de pai para filho.

Entre os casais jamais ocorrem desavenças. A esposa é fiel ao marido e este lhe paga na mesma moeda. O casal envelhece tranquilamente, sem ciumadas ou descontentamentos. Nunca soube de nenhum caso de separação entre os Houyhnhnms.

Educam os filhos com muita ternura, mas sem permitir que tal sentimento tire a independência dos jovens Houyhnhnms. Os pais fazem absoluta questão de que seus filhos sejam livres e decidam sozinhos – tendo chegado a uma idade mínima – sobre suas próprias vidas.

Machos e fêmeas recebem entre eles a mesma educação. Meu amo riu muito quando lhe contei como eram educadas as mulheres na Inglaterra.

– É ridículo e monstruoso que metade da população apenas tenha filhos e nenhum privilégio, e a outra metade trabalhe duramente pelas duas partes – disse ele. – As fêmeas, aqui, trabalham tanto quanto nós, mas são treinadas nos mesmos exercícios que os machos e gozam das mesmas liberdades. Aliás, algumas são mesmo mais fortes e vigorosas do que os machos, quando então escolhem para casar um macho não muito forte e especialmente bonito. Isso dá um grande equilíbrio à raça.

Perguntei a meu amo que exercícios faziam os Houyhnhnms para se manterem sempre ágeis e velozes.

– Os que desenvolvem a força, a velocidade e a resistência. A corrida é o maior esporte do país, havendo inúmeras competições em prados ou em campos pedregosos. Quando estão muito suados, mergulham a cabeça num rio. Quatro vezes por ano os jovens Houyhnhnms de todo o país se reúnem, exibindo-se em provas de corrida, salto e outras modalidades de exercício. O vencedor ou a vencedora é recompensado com uma canção feita em seu louvor.

De quatro em quatro anos reúnem-se os Houyhnhnms que representam cada região, a fim de tomarem conhecimento da situação do país. Se uma das regiões tem feno ou trigo de mais e outra de menos, a que tem mais reparte o alimento com a que tem menos, em igual proporção.

Quando um Houyhnhnm tem dois machos, troca um deles com outro casal que tenha duas fêmeas. Se uma das famílias perde um filho, a região logo se encarrega de produzir outro filhote, fazendo com que a população dos Houyhnhnms esteja sempre com a mesma quantidade de pessoas.

Capítulo 9

DEBATE NA ASSEMBLEIA GERAL.
AS CASAS E A CULTURA DOS HOUYHNHNMS.
OS ENTERROS.
DEFICIÊNCIAS DA LÍNGUA.

A grande assembleia geral.

Participando dela como representante de sua região, meu amo contou-me depois que o assunto discutido fora o mesmo de sempre: os Yahoos deviam ou não ser exterminados da face da terra?

Um dos membros da assembleia afirmava que sim; os Yahoos, dizia ele, eram os seres mais sujos, malignos e perigosos que existiam no mundo. Sugavam as tetas das vacas, matavam e comiam os gatos do país, pisavam a aveia e estragavam a relva de tal modo que estas não podiam ser utilizadas.

Segundo uma antiga tradição, os Yahoos nem sempre existiram naquele país. Dois deles surgiram em determinado século, no alto de uma montanha, talvez formados pelo sol e o lodo que lá existiam. Em pouco tempo, contudo, multiplicaram-se de tal modo que o país ficou repleto deles. Para se livrarem da praga, os Houyhnhnms caçaram-nos por todo o país, destruindo os mais velhos e guardando os jovens – depois de domesticados – em galpões de madeira. Os Yahoos jovens auxiliavam os Houyhnhnms puxando e carregando pesos; isso fez com que o burro – bonito, forte e manso – fosse esquecido como animal de carga. É certo que os Yahoos são mais ágeis do que os burros, mas estes não soltam uivos medonhos nem têm o mau cheiro que acompanha sempre os Yahoos.

A assembleia continuava. Depois que todos os membros expuseram suas opiniões, meu amo pediu a palavra.

– Em primeiro lugar – disse ele – não acredito que os Yahoos tenham nascido aqui. Estou certo de que o primeiro casal dessas criaturas veio de qualquer país de além-mar, numa caixa flutuante, tendo sido desembarcado e abandonado nesta terra por seus companheiros de viagem. Inicialmente, devem ter-se escondido nas florestas e montanhas, tempo durante o qual se tornaram inteiramente selvagens e muito diferentes da própria espécie, que habita em países afastados.

– Para apoiar o que digo – continuou – lembro à distinta assembleia o extraordinário Yahoo que tenho em minha casa, que alguns aqui viram e do qual muitos já ouviram falar. Seu corpo é mais delicado e frágil do que o dos outros Yahoos, embora seja parecidíssimo fisicamente com esses animais. O meu Yahoo, entretanto, é dotado de um excelente raciocínio: fala uma língua própria e aprendeu perfeitamente a nossa, o que jamais ocorreria aos Yahoos daqui. É civilizado, gentil e contou-me histórias fantásticas a respeito de seu país, onde, segundo ele, os Yahoos é que governam por serem racionais, sendo os Houyhnhnms os seres inferiores e escravizados.

Meu amo correu os olhos por toda a assembleia. Vendo-a curiosa e atenta, prosseguiu:

– Queria expor agora uma sugestão dada pelo meu Yahoo, e que resolveria, dentro de algum tempo, o problema do número excessivo de Yahoos que nascem neste país. Diz ele que em sua terra os Houyhnhnms são castrados ainda muito novinhos, para que fiquem mais dóceis. Como a operação é fácil e segura, podemos aplicá-la aos nossos Yahoos, o que provocará o futuro desaparecimento da raça sem destruição de vidas.

– Em lugar dos Yahoos criaremos burros – concluiu ele – pois são animais muito mais fortes e limpos. Além disso, têm a vantagem de poderem trabalhar aos cinco anos de idade, o que só acontece com os Yahoos aos doze anos.

Aqui terminava o relato de meu amo sobre os debates na assembleia. Não me disse, porém, que algo importantíssimo havia sido decidido com respeito à minha própria sorte. Tão importante foi essa decisão que ponho nela a culpa de todos os infortúnios que aconteceram mais tarde a Lemuel Gulliver, cirurgião e marinheiro.

Os Houyhnhnms não têm livros de espécie alguma. Não sabendo ler nem escrever, toda a sua cultura passa de pais para filhos através da tradição oral. Entretanto, como são um povo pacífico, sensato e não comerciam com nenhuma nação estrangeira, a falta de acontecimentos faz com que sua história seja memorizada sem muito esforço.

Não vi sinal de médicos ou doenças. No máximo, têm umas leves indisposições que sabem curar prontamente através de ervas que mastigam com toda a calma. Os Houyhnhnms são aperfeiçoadíssimos em botânica, que estudam constantemente em seus passeios e muitas vezes até durante as refeições.

Calculam o ano pelos movimentos do Sol e da Lua, conhecendo perfeitamente a influência desses corpos celestes sobre a terra. Quando descobriram o mecanismo dos eclipses, comemoraram tal fato com grande contentamento: foi o maior progresso ocorrido em sua astronomia.

Sou obrigado a confessar que os Houyhnhnms deixam para trás os melhores poetas do mundo: sua poesia é muitíssimo bela e harmoniosa, sem complicações nem excessos. Falam sobretudo da amizade entre os Houyhnhnms e tecem louvores aos que vencem as competições.

Moram em grandes construções de madeira, simples e toscas, mas fortes, o suficiente para os protegerem das tempestades. O teto é reforçado com uma cobertura de fibra trançada, muito resistente, que ajuda a mantê-lo firme e a fazer escorrer a água depois das grandes chuvas.

É realmente inacreditável a habilidade com que os Houyh-nhnms se utilizam dos próprios cascos. Usam as patas da frente como nós usamos as mãos, o que sempre me deixou de queixo caído. Ordenham vacas, colhem aveia, cortam feno e mil outras coisas, mantendo os alimentos num grande armazém perto da casa.

Fazem também – por incrível que pareça – vasos de barro e madeira muito rústicos, mas que guardam perfeitamente tudo o que se colocar neles.

Quando não sofrem nenhum acidente, os Houyhnhnms morrem apenas de velhice, entre os setenta e setenta e cinco anos de idade. Algumas semanas antes da morte sentem uma grande fraqueza, mas sem a mínima dor. Nesse período são muito visitados pelos amigos, uma vez que não podem sair de casa com a mesma facilidade. Entretanto, uns dez dias antes de morrerem – cálculo que fazem com extraordinária exatidão – percorrem as casas dos amigos sobre um veículo de madeira puxado por Yahoos.

Despedem-se de todos com a maior tranquilidade, como se partissem para uma viagem um pouco mais longa. Os parentes e amigos também permanecem calmos, não choram nem demonstram o mínimo pesar – exatamente como o moribun-do. São enterrados à sombra das árvores mais afastadas e enca-ram o ato com toda a simplicidade possível.

Lembro-me de que certa vez meu amo convidara um amigo e a família para jantarem em sua casa. Como, além disso, uma questão importante seria discutida entre eles, ficamos sur-presos de ver chegar – muito tarde – somente a esposa e os filhos.

A Houyhnhnm pediu desculpas pelo atraso, mas explicou que o motivo deste foi o marido ter *lhnuwnh* naquela mesma tarde. Essa palavra significa "ir ao encontro da primeira mãe", pois os Houyhnhnms nunca utilizam a palavra morrer. A espo-sa esclareceu que se demorara procurando um local tranquilo onde pudesse enterrar o marido. Essa morte, entretanto, não abalou nem meu amo nem a própria esposa do morto, que comeu bem e conversou alegremente durante toda a visita. Dali a três meses ela própria morreu com uma incrível tranquilidade (incrível para mim).

Pude observar também que os Houyhnhnms não têm palavras em sua língua que signifiquem qualquer coisa de mau, com exceção daquelas que expressam as más qualidades e as deformações dos Yahoos. Desse modo, quando querem falar do tempo chuvoso, da falta de jeito de um criado ou da culpa de um filho, juntam a cada uma dessas coisas o termo "Yahoo".

Dizem então, por exemplo, *hlinm Yahoo, whnaholm Yahoo, ynlhmndwihlma Yahoo* e assim por diante. Para exprimirem "casa malfeita", dirão *ynholmhnmrohlnw Yahoo.*

Poderia continuar contando ao leitor mil outros detalhes sobre a vida desse povo maravilhoso. Entretanto, como publicarei um livro sobre tal assunto, passo a narrar a maior desventura acontecida a Lemuel Gulliver: a partida da terra dos Houyhnhnms.

Capítulo 10

FELICIDADE DO AUTOR
NO PAÍS DOS HOUYHNHNMS. SEU MODO DE VIDA
E OS BONS EXEMPLOS QUE APRENDEU.
DESMAIA DE DOR AO SER OBRIGADO A PARTIR.

Como não gostei da cabana que me tinham dado, fiz uma outra novinha em folha a pouca distância da casa de meu amo.

Levantei cuidadosamente quatro paredes de barro e as cobri com uma grossa esteira de junco. O teto, reforçado com o mesmo material, ficou uma beleza: nem uma só gota de chuva passava através dele.

Fabriquei também um colchão de cânhamo trançado que enchi com as penas macias dos pássaros da região e até mesmo um pequeno travesseiro. Conforto não me faltava. Quando minhas roupas se esfarraparam, utilizei a pele das lebres e de um outro animal muito bonito *(nnuhnoh)* para fazer calças, casacos e botas.

Aprendi a colher o mel das abelhas e o comia alegremente com pão de aveia. Se o leitor algum dia se encontrar na mesma situação, não hesite: cozinhe o seu pão e experimente-o com mel. É delicioso e alimentício.

Durante o tempo que passei com os Houyhnhnms, minha saúde foi perfeita. Também gozei de uma extraordinária tranquilidade: aqui não havia médico que me arruinasse o corpo nem advogado que me arruinasse a fortuna. Muito menos amigos traidores ou qualquer espécie de inimigos. Ladrões, difamadores, políticos, censores e assassinos felizmente não existiam naquele bendito país. Também não tinha que pagar imposto nem obedecer às regras rígidas da etiqueta, embora os Houyhnhnms fossem as mais gentis das criaturas. Tudo de que precisava, a natureza me fornecia. Que mais poderia querer?

Entendia-me maravilhosamente bem com os habitantes da terra. Quando recebia visitas, meu amo deixava-me permanecer na sala, pois sabia o quanto apreciava a sabedoria das conversações. Só falava quando me perguntavam alguma coisa, pois não queria perder uma migalha do que me ensinavam os extraordinários Houyhnhnms. Nunca discutiam entre si nem amolavam o interlocutor com grandes discursos – isto é, faziam exatamente o contrário de nossos Yahoos europeus. Intercalavam a conversa com grandes silêncios durante os quais meditavam no que fora dito, hábito muito inteligente na opinião de Lemuel Gulliver.

Conversavam geralmente sobre a amizade, a bondade, a ordem e as tradições antigas. Também a poesia ocupava um grande lugar em suas palestras. Quando meu amo narrava-lhes as aventuras acontecidas comigo e com meu país, isso provocava entre os Houyhnhnms momentos de grande reflexão. Ficavam todos silenciosos, tentando entender as estranhas e terríveis coisas que ocorriam naquela terra remota.

É claro que chegavam a conclusões muito desagradáveis sobre meu querido país e seus habitantes.

Contudo, devo confessar que, se aprendi alguma coisa durante minha vida, foi através dos sábios relinchos dos Houyhnhnms. Tudo neles me encantava: a beleza, bondade, inteligência e doçura que todos possuíam em alto grau. Aprendi a respeitá-los e amá-los mais do que a qualquer outra coisa no mundo.

Quando me lembrava de minha família, dos meus amigos e de toda a raça humana, pensava que eram, na verdade, um bando de Yahoos melhorados. Cada vez que via meu rosto refletido nas águas de um lago, desviava-me imediatamente, cheio de horror. Cheguei ao ponto de preferir avistar um Yahoo do que minha própria pessoa, tal a aversão que sentia por mim mesmo.

Pouco a pouco comecei a imitar os gestos e o andar dos Houyhnhnms, e isso de tal modo que meus amigos na Inglaterra dizem que algumas vezes troto como um cavalo. Quando falo ou rio, eles pensam ouvir um relincho; é claro que não me incomodo nem um pouco quando mencionam tais fatos, pois nada mais quero do que parecer-me cada vez mais com um virtuoso Houyhnhnm.

Estava, assim, em plena felicidade quando fui chamado à presença de meu amo numa certa manhã. Notei muita preocupação em seu rosto, ficando eu mesmo preocupado, pois não sabia a que atribuí-la. Depois de um longo silêncio, finalmente começou:

– Não sei como vou principiar, querido filho, o que tenho a lhe dizer. Na última assembleia geral – como sabe – discutiu-se o problema dos Yahoos, tendo eu falado muito a seu respeito. Pois bem: apesar de todas as maravilhas que contei, os membros da assembleia acharam vergonhoso e de péssimo exemplo que eu conservasse um Yahoo em minha casa, principalmente quando o tratava mais como um filho do que como o animal detestável que era. Disseram também ser indigno de nossos costumes tratar um Yahoo como se fosse um Houyhnhnm; nunca se ouvira falar de semelhante coisa em nossa terra; e que parecia absurdo conversar longamente e ter prazer no que dizia um animal repugnante como aquele.

– Assim – suspirou meu amo –, a assembleia aconselhou-me a escolher uma das duas soluções: ou juntá-lo aos outros Yahoos, na mesma toca e submetido às mesmas regras, ou mandá-lo de volta ao lugar de onde viera, ainda que fosse a nado.

"Respondi que a primeira dessas soluções seria impossível, como os membros da assembleia estavam cansados de saber", continuou meu amo. "Os Yahoos acabariam por despedaçá-lo. A própria assembleia concluiu que haveria outro perigo nessa solução: a de que você convencesse os Yahoos a se rebelarem e fugirem para as montanhas, voltando depois para destruir o gado e as lavouras dos Houyhnhnms.

"Respondi também que a segunda solução provocaria a morte do Yahoo estrangeiro", prosseguiu, "pois ele não poderia nadar até o seu país. Sugeri então que se construísse uma caixa de madeira flutuante na qual fosse embarcado com alguma comida."

Meu amo balançou o focinho tristemente.

– A assembleia não para de me perguntar se já mandei embora o Yahoo estrangeiro – disse. – Sabe muito bem que por mim você permaneceria o resto de seus dias nesta terra, pois muito o estimo. Além do mais, vejo com satisfação que perdeu grande parte dos maus hábitos trazidos de seu país, assimilando várias qualidades dos Houyhnhnms. É claro que você ainda não está perfeito, mas tenho certeza de que o tempo se encarregaria de corrigi-lo bastante.

Preciso dizer ao leitor que as decisões da assembleia são chamadas de "conselhos", pois os Houyhnhnms não podem imaginar que uma criatura racional possa ser obrigada a fazer qualquer coisa.

Conselho ou não, o fato é que a assembleia, para o bem do país, desejava a minha partida. O discurso de meu amo causou-me tanto desespero que simplesmente desmaiei de dor, ficando assim um bom pedaço de tempo.

Temendo que eu tivesse morrido de susto, meu amo borrifou-me rapidamente o rosto com a água de um pote. Assim que abri um olho, disse-lhe com um fio de voz que teria sido melhor morrer do que ser expulso daquele país. Além do mais, prossegui, para mim daria no mesmo, pois me seria impossível nadar até minha terra. Conseguiria no máximo afastar-me uma légua da praia: isso não me adiantaria de nada, pois a terra mais próxima ficava a cem léguas de distância.

Meu sofrimento era tão grande que fui obrigado a me interromper e engolir a dor que me subia à garganta. Respirei fundo e continuei.

– Quanto ao barco – disse eu – faltam nesta região muitos materiais necessários ao seu fabrico. Apesar disso, tentarei fazer um, já que a assembleia e meu amo assim o decidiram. Saiba, contudo, que já me considero um homem morto, e pior ainda será se conseguir atingir com vida alguma outra terra, pois serei obrigado a viver entre os Yahoos. Longe de meus queridos Houyhnhnms, é melhor mesmo que eu morra de uma vez!

Meu amo me olhava com uma grande tristeza estampada no focinho.

– No entanto – continuei –, acho que a assembleia tem as suas razões. Partirei. Peço, contudo, um prazo razoável para fazer a embarcação: e se por um acaso eu conseguir voltar à Inglaterra, minha única preocupação será de mostrar aos homens como é admirável a raça dos Houyhnhnms, para que sejam amados e imitados!

Meu amo deu-me o prazo de dois meses para terminar o bote, dizendo ao criado alazão para auxiliar-me em tudo que precisasse.

A primeira coisa que fiz foi ir com ele até o local onde desembarcara. Subi a uma elevação e olhei atentamente o mar e em todas as direções até que por fim avistei algo que me pareceu uma ilha. Com o óculo de alcance, consegui divisá-la nitidamente a umas cinco léguas de distância. O alazão, entretanto, ao invés de ilha enxergava somente uma nuvem azul no horizonte. Como não imaginam outro país além do seu, os Houyhnhnms não distinguem nenhum objeto remoto no mar.

Resolvi dirigir meu barco para aquela ilha assim que ele estivesse pronto.

Voltei para casa com o meu companheiro e, depois de termos conversado um pouco a respeito do bote, nos dirigimos à floresta. Lá cortamos madeira em quantidade suficiente para nosso trabalho, eu com uma faca, o alazão com uma pedra cortante. Dentro de seis semanas fizemos uma espécie de canoa indígena, mas muito mais larga, que cobri com peles de Yahoo cosidas com fios de linho.

Com peles semelhantes fabriquei uma vela, tendo escolhido para isso alguns Yahoos novos; as dos velhos teriam sido muito duras. Com a mesma faca recortei quatro sólidos remos.

Finalmente, experimentei a canoa num lago perto da casa de meu amo, corrigindo todos os defeitos que nela existiam e revestindo-a com sebo. Depois disso, armazenei carne cozida de coelhos e aves, um grande pote cheio de leite, e outro cheio de água.

Quando tudo estava pronto e chegou o dia de minha partida, despedi-me de meu amo e de toda a família com os olhos cheios de lágrimas. Meu coração batia acelerado por ter que abandonar aquele paraíso, mas eu nada podia fazer. Meu amo quis ver-me partir, e dirigiu-se para a praia acompanhado de toda a família e inúmeros amigos.

Fui obrigado a esperar mais de uma hora por causa da maré. Quando o vento começou a soprar na direção da ilha fiz as últimas despedidas a meu amo. Ajoelhei-me a seus pés e ele deu-me a honra de levantar a pata direita até a minha boca. Fiz uma profunda reverência a todos os que assistiam a minha partida e, entrando na canoa, internei-me no mar.

Capítulo 11

O AUTOR CHEGA À NOVA HOLANDA,
ONDE É FERIDO POR UMA FLECHA.
SENDO PRESO E CONDUZIDO À FORÇA
PARA UM NAVIO PORTUGUÊS,
ALCANÇA FINALMENTE A INGLATERRA.

Comecei essa viagem desesperada a 15 de fevereiro de 1715, por volta das nove horas da manhã. Embora o vento fosse favorável, a princípio só me servi dos remos.

Vi, contudo, que me cansaria rapidamente e arrisquei-me a içar a vela. Com o auxílio da maré, avancei pelo mar afora durante aproximadamente uma hora e meia. À medida que me afastava cada vez mais da praia, ouvia meus queridos Houyhnhnms gritarem *Hnuy illa nyha majah Yahoo*, que traduzido em nossa língua quer dizer: "Tem cuidado, gentil Yahoo."

Meu desejo era descobrir alguma ilhota deserta e desabitada, onde pudesse encontrar alimento, material para fabricar roupas e um teto. Passaria num lugar desses uma vida mil vezes mais feliz do que em qualquer palácio real, dos quais já estava farto. Tinha verdadeiro horror em voltar à Europa e ser obrigado a conviver de novo com os execráveis Yahoos. Na minha ilhota, viveria tranquilamente o resto de meus dias, meditando nas extraordinárias qualidades dos sábios Houyhnhnms, e longe dos odiosos defeitos dos homens.

O leitor com certeza se lembra de que passei muito tempo trancafiado no camarote quando a tripulação de meu navio se amotinou. Ao me desembarcarem, entretanto, julguei que estava a dez graus ao sul do cabo da Boa Esperança. Como ouvira também algumas conversas a bordo em que os marinheiros falaram de Madagascar, resolvi dirigir meu rumo para leste, esperando alcançar a Nova Holanda.

Tinha razão. O vento soprando em cheio do oeste me fez chegar a uma ilhotazinha onde desembarquei, passando ao abrigo de umas rochas. De manhã bem cedo, subi à parte mais alta da ilhota e avistei distintamente uma terra na direção leste.

Pus-me a remar vigorosamente e por volta das sete horas cheguei finalmente à Nova Holanda; não consegui vislumbrar nenhum habitante no lugar onde desembarquei, mas, como não trazia armas comigo, resolvi não me arriscar, permanecendo na praia. Apanhei alguns mariscos que não me atrevi a cozer para que o fogo não me tornasse muito visível. Durante os três dias em que permaneci naquele local alimentei-me somente de ostras e outros mariscos, para poupar minhas provisões. Felizmente, à sombra de umas árvores perto da praia havia um riacho de águas límpidas que me saciou a sede.

No quarto dia, resolvi andar um bom pedaço pela praia quando de repente esbarrei, a uns quinhentos metros de distância, com vários selvagens à roda de uma fogueira. Tentei esconder-me o mais depressa que pude, mas um deles me viu e deu o alarma. Todos saíram em meu encalço numa correria desabalada. Com o coração pulando para fora do peito, consegui alcançar a canoa, e empurrando-a para a água comecei a remar com todas as minhas forças.

Subitamente um choque violento quase me fez cair dentro da água: uma flecha lançada por eles penetrara profundamente no lado de dentro de meu joelho esquerdo. Fiquei em pânico, pois se a seta estivesse envenenada, adeus Lemuel Gulliver! Apesar disso, continuei remando até ficar fora do alcance daqueles demônios. Quando me vi a salvo, arranquei a flecha de minha carne e chupei a ferida, para que o veneno fosse extirpado. Depois, rasgando um pedaço de minha roupa, fiz o melhor curativo que as circunstâncias permitiam.

Minha situação era desesperadora: não podia voltar à ilhota com medo de ser atacado novamente. Por outro lado, não via nenhuma terra em que pudesse desembarcar. O vento, sendo-me desfavorável, me obrigava a utilizar os remos para não ser arrastado para onde viera. Quando me achava perdido, avistei subitamente uma vela no horizonte.

Meu primeiro movimento foi de horror por ter que encontrar novamente os detestáveis Yahoos de minha raça. Assim, virei a canoa na direção de onde tinha vindo e remei rapidamente para a ilhota: antes a morte entre os selvagens do que ser obrigado a conviver entre Yahoos europeus. Chegando à praia, ocultei a canoa entre algumas folhagens e escondi-me atrás de umas pedras, esperando que o navio não se detivesse.

Não tive, contudo, essa sorte. O navio lançou âncora na enseada e dele desembarcaram alguns homens em busca de água. Temendo que me descobrissem, encolhi-me o mais que pude atrás das pedras, mas foi inútil. Acharam primeiro minha canoa entre as folhagens, e depois disso viram que eu não podia estar longe.

Quando me encontraram atrás das pedras, os marinheiros surpreenderam-se com minhas roupas de pele, meus sapatos de sola de madeira e as meias peludas que usava. Devido à minha cor, viram logo que eu deveria ser um europeu.

Um dos marinheiros perguntou finalmente em português quem eu era, ordenando-me também que me levantasse. Como entendia aquela língua, obedeci prontamente, dizendo ser um pobre Yahoo desterrado do maravilhoso país dos Houyhnhnms. Ao mesmo tempo, roguei que me deixassem em liberdade, pois desejava permanecer naquela ilha até o fim de meus dias.

Os marinheiros soltaram uma boa gargalhada, pois, segundo eles próprios disseram, meu modo de falar era semelhante ao relincho de um cavalo. Além disso, não tinham a menor noção do que significavam as palavras "Yahoo" e "Houyh-nhnm"; eu, para falar a verdade, tremia de medo e ódio daquela gente detestável que se parecia tanto comigo.

Tornando a pedir licença, tentei pé ante pé dirigir-me à canoa para escapulir, mas os marinheiros me agarraram antes que eu a alcançasse. Quiseram saber de que país eu viera e como fora parar naquela terra distante. Respondi-lhes que nascera na Inglaterra e de lá partira uns cinco anos atrás: como meu país não estava em guerra com o seu, esperava que tivessem a bondade de não me tratar como inimigo.

A princípio fiquei espantadíssimo quando me falaram. Um cachorro ou uma vaca que falasse inglês não me surpreenderiam tanto quanto aqueles homens falando uma linguagem humana. Os marinheiros disseram-me que ficasse tranquilo, pois o capitão era um homem bondoso e decerto me levaria a Lisboa. De lá poderia continuar viagem para a Inglaterra.

Combinaram que dois marinheiros voltariam ao navio para informar o capitão da minha presença e receber ordens. Outros homens ficariam na praia para que eu não fugisse – creio que me achavam com o cérebro desarranjado devido ao exílio.

O bote voltou à praia depois de duas horas, com ordens de me conduzir imediatamente a bordo. Implorei de joelhos que me deixassem ficar naquela ilha, mas isso não conseguiu abalá-los. Arrastaram-me para dentro do barco conduzindo-me até o camarote do Capitão Pedro Mendes. Eu estava furioso e desesperado, e só a grande bondade desse homem fez com que eu não me atirasse logo à água.

Em primeiro lugar, pediu-me que dissesse quem era, perguntando-me depois se queria comer ou beber. Ora, Lemuel Gulliver estava morto de fome, pois meus víveres já tinham acabado há algum tempo. O capitão mandou que me preparassem um frango assado, o que foi servido com pão e um bom copo de vinho. Almocei com grande apetite, não deixando sequer uma migalha para contar a história. Depois, o capitão ordenou que me deitasse num camarote muito limpo e tirasse uma boa soneca. Obedeci e deitei-me sem me despir, o que fez o capitão retirar-se na ponta dos pés.

Meia hora depois, levantei-me furtivamente, espiei para ambos os lados do corredor e não vi ninguém: sem fazer barulho, deslizei até o convés e preparava-me para me lançar à água quando uma mão fortíssima me puxou de novo para dentro, mantendo-me bem seguro. Era um marinheiro que vinha passando e que eu não notara.

Diante disso, o capitão ordenou que me trancafiassem em meu camarote, dizendo que mais tarde viria falar comigo.

Dito e feito. Depois do jantar, Pedro Mendes sentou-se numa cadeira ao lado de minha cama e quis saber o motivo que me fizera tentar aquele gesto. Assegurou-me, com toda a delicadeza, que só queria ajudar em qualquer coisa que fosse possível, pois me via desesperado. Falou-me de modo tão gentil que aos poucos lhe fui contando o que me acontecera.

O capitão, é claro, não acreditou nas coisas extraordinárias que lhe contei sobre os cavalos falantes e cheios de raciocínio e sabedoria como eram os Houyhnhnms. Isso me deixou bastante magoado. Tratei de explicar-lhe que esquecera a mentira desde que deixara os execráveis Yahoos europeus, embora fosse totalmente indiferente para mim que ele acreditasse ou não em minhas palavras.

Pedro Mendes, intrigado, fez-me então uma série de perguntas, tentando descobrir algum passo em falso em minha narrativa. Como não o conseguiu, principiou a acreditar no que contei, pedindo que eu lhe desse a palavra de que não tentaria de novo atirar-me ao mar. Prometi-lhe tal coisa, embora tornando a afirmar que a morte seria suave em comparação a ser obrigado a viver entre os Yahoos.

A viagem foi calma, sem qualquer acidente que a perturbasse. Para retribuir as gentilezas do capitão, conversava com ele algumas vezes, tentando ocultar minha grande aversão pelo gênero humano. A maior parte do tempo, entretanto, fechava-me no camarote para não ver os tripulantes do navio.

Embora o capitão a toda hora me pedisse que tirasse minhas roupas de pele e pusesse outras mais civilizadas, sentia-me repugnado ante a ideia de usar algo que algum Yahoo já houvesse vestido. Tanto ele insistiu que finalmente aceitei uma de suas camisas brancas, muito limpa, e uma calça também branca.

Chegamos a Lisboa no dia 15 de novembro de 1715. O capitão cobriu-me bondosamente com sua capa, pois o aspecto de minhas roupas chamava a atenção, e ofereceu-me hospedagem em sua própria casa. Pedi-lhe com todo o meu coração que me permitisse ficar no quarto mais escondido e afastado da rua, o que me foi concedido.

Roguei-lhe também que não contasse uma palavra sobre os Houyhnhnms a quem quer que fosse, pois essa história poderia atrair a curiosidade de muita gente ou me fazer queimar pelos tribunais da Inquisição.

Como tinha mais ou menos as mesmas medidas do capitão, este deu-me de presente uma roupa completa, além de outros objetos necessários que expus ao ar livre durante vinte e quatro horas antes de usar.

O capitão, que não era casado, só tinha três criados. O que me levava as refeições no quarto era tão calmo e bondoso comigo que sua companhia não me desagradou. Conseguiu até que eu me debruçasse na janela que dava para a rua: a princípio me assustei com a quantidade de gente barulhenta que andava para baixo e para cima. Depois, aos poucos, fui-me acostumando, chegando mesmo a dar pequenos passeios na calçada; não deixava, contudo, de tapar o nariz com folhas de arruda para que o horrível cheiro dos Yahoos não me embrulhasse o estômago.

Dez dias depois o capitão disse-me com toda a franqueza que eu deveria voltar à terra natal, para junto de minha mulher e meus filhos. Como havia um navio prestes a zarpar para a

Inglaterra, ofereceu-se para me fornecer o dinheiro necessário à passagem. Essa sugestão fez minha espinha estremecer com vários calafrios: como poderia viver eu tão intimamente com Yahoos? Depois de terríveis hesitações, acabei concordando.

Parti de Lisboa no dia 24 de novembro, num navio mercante inglês. O Capitão Pedro Mendes acompanhou-me até a bordo, emprestou-me vinte libras, abraçando-me carinhosamente ao se despedir. Suportei como pude esse abraço, que me desagradou muito. A 5 de dezembro de 1715, por volta das nove horas da manhã, chegamos finalmente à Inglaterra. As três da tarde cheguei são e salvo à minha casa.

O leitor pode bem imaginar o grande susto que levou minha família ao ver chegar Lemuel Gulliver em sua própria casa: todos acreditavam que já tivesse morrido e correram ao meu encontro com a maior alegria.

Devo confessar que a vista de minha mulher e meus filhos encheu-me de grande repugnância, coisa que sempre acontecia quando eu avistava um Yahoo. Pior ainda me senti quando se atiraram ao meu pescoço para me abraçarem e beijarem. Minha vontade foi sair imediatamente porta afora, mas não consegui, pois desmaiei logo a seguir, ficando desacordado durante uma hora.

Durante o primeiro ano suportei com muita dificuldade a presença de minha mulher e de meus filhos. O cheiro deles me causava profundo mal-estar, assim como seus gestos e palavras. Com o tempo fui conseguindo de novo acostumar-me com eles, embora até hoje prefira a companhia de dois excelentes cavalos que comprei logo que pude e para os quais mandei ampliar nossa estrebaria.

Quando me sinto deprimido ou saudoso da maravilhosa terra dos Houyhnhnms, dirijo-me ao estábulo e lá permaneço durante horas entre os meus verdadeiros amigos. Converso com eles e o leitor pode estar certo de que me entendem muitíssimo bem.

Capítulo 12

O AUTOR SE DESPEDE.

Assim, amigo leitor, contei-lhe a história de minhas aventuras e viagens ocorridas durante dezesseis anos e mais de sete meses.

Eu poderia tornar os fatos mais coloridos e animados do que são, como fazem todos os viajantes. Entretanto, preferi contar exclusivamente a verdade, pois meu objetivo é informar e não divertir.

Aliás, creio que seria muito útil a todos obrigarem-se aos viajantes um juramento de que estariam dizendo a verdade: só assim nos poderíamos fiar em suas palavras, tantas são as mentiras que nos pregam.

Meus amigos, julgando que as narrativas de minhas viagens poderiam ser úteis aos seres humanos, insistiram comigo para que as publicasse. Aqui estão. Escrevi-as sem interesse ou vaidade, procurando imitar – sem conseguir – a limpidez de meus queridos Houyhnhnms.

Certas pessoas que leram meu manuscrito sugeriram que eu o mostrasse primeiro ao primeiro-ministro inglês, uma vez que as terras visitadas por mim não constavam dos mapas e podiam mesmo ser conquistadas para a Inglaterra. No entanto, duvido que Lilipute, Brobdingnag, Laputa com sua ilha flutuante ou o país dos Houyhnhnms pudessem ser dominados ou trazer algum proveito à coroa. Sei que chacinar os povos e destruir as civilizações é um costume europeu, mas nesses países não há minas de ouro ou de prata, nem açúcar, tabaco ou especiarias que possam atiçar a cobiça dos homens. A não ser que nossos Yahoos cedam ao hábito e cometam tais crimes apenas por prazer, sem terem nada a lucrar.

Índice

PRIMEIRA PARTE
Viagem a Lilipute

CAPÍTULO 1 *Algumas notícias sobre o autor e suas primeiras viagens. Naufraga numa delas, mas consegue alcançar a nado o país de Lilipute, sendo aprisionado por seus habitantes.* 13

CAPÍTULO 2 *O imperador de Lilipute visita o autor acompanhado da corte. Descrição do imperador e seus trajes. Eruditos são nomeados para ensinarem ao visitante a língua da terra. Facilidades a ele concedidas por sua conduta serena. Mesmo assim revistam-lhe os bolsos e lhe confiscam espada e pistola.* 25

CAPÍTULO 3 *O autor diverte a nobreza de maneira bastante original. A liberdade lhe é concedida sob certas condições. Passatempos da corte de Lilipute.* 35

CAPÍTULO 4 *Descrição da capital de Lilipute e do palácio imperial. O autor e um secretário de Estado conversam sobre a situação do país. Lemuel Gulliver oferece ajuda ao imperador em suas guerras.* 42

CAPÍTULO 5 *O autor impede a invasão com um extraordinário estratagema. O imperador concede-lhe um título honorífico. Embaixadores de Blefuscu vêm solicitar a paz. Incendeiam-se os aposentos da imperatriz, concorrendo Lemuel Gulliver para extinguir o fogo.* 47

CAPÍTULO 6 *Leis e costumes dos habitantes de Lilipute. A maneira de viver do autor nesse país. Sua defesa de uma grande dama injustiçada.* 52

CAPÍTULO 7 *Sabendo que será condenado por alta traição, o autor foge para Blefuscu. Chegada à ilha.* 58

CAPÍTULO 8 *O autor, por um feliz acaso, encontra meios de deixar Blefuscu e, após certas dificuldades, volta a seu país.* 65

SEGUNDA PARTE
Viagem a Brobdingnag

CAPÍTULO 1 *Após grande tempestade, o autor e seus companheiros vão a terra em busca de água. Distanciando-se da tripulação, Lemuel Gulliver é agarrado por um habitante do lugar. O país e o povo.* 73

CAPÍTULO 2 *A filha do fazendeiro. O autor é exibido numa feira, sendo levado depois à capital. Pormenores dessa viagem.* 80

CAPÍTULO 3 *Chamado à corte, o autor é comprado pela rainha e apresentado ao rei. Discute com os sábios de Sua Majestade. Conquista as boas graças da rainha e defende a honra da Inglaterra. Suas brigas com o anão do palácio.* 84

CAPÍTULO 4 *O autor descreve o país e sugere modificações nos mapas modernos. O palácio do rei. Como viajava o autor. 91*

CAPÍTULO 5 *Aventuras perigosas se sucedem ao autor. Sua habilidade em navegação. As damas da rainha. 93*

CAPÍTULO 6 *Diversas ideias do autor para agradar o rei e a rainha. O rei pede informações sobre a Europa e dá a sua opinião. 102*

CAPÍTULO 7 *O amor do autor por seu país. Faz uma extraordinária proposta ao rei, que a recusa. A ignorância do rei em matéria de política é enorme. A cultura imperfeita e limitada de Brobdingnag. Suas leis e costumes. 108*

CAPÍTULO 8 *O rei e a rainha fazem uma viagem à fronteira, onde o autor os acompanha. De que modo consegue o autor regressar à Inglaterra. 112*

TERCEIRA PARTE

Viagem a Laputa, Balnibardi, Glubbdubdrib, Luggnagg e ao Japão

CAPÍTULO   1 *Embarca o autor em sua terceira viagem e é preso por piratas. Maldade de um holandês. Chega a Laputa. 123*

CAPÍTULO   2 *Caráter dos laputianos. O rei, a corte e os sábios. Recepção feita ao autor. Receios e inquietações dos habitantes. As mulheres laputianas. 128*

CAPÍTULO   3 *Fenômeno explicado pelos filósofos e astrônomos modernos. O progresso dos laputianos na astronomia. O método do rei de sufocar revoltas. 134*

CAPÍTULO   4 *O autor deixa Laputa e chega à capital. Descrição desta cidade e seus arredores. A hospitalidade de um cavalheiro. 138*

CAPÍTULO   5 *Visita à grande academia de Lagado. 143*

CAPÍTULO   6 *Mais informações sobre a academia. Melhoramentos que o autor propõe são muito bem recebidos. 149*

CAPÍTULO   7 *O autor deixa Lagado e chega a Maldonada. Faz uma pequena viagem a Glubbdubdrib. Como é recebido pelo governador. 153*

CAPÍTULO   8 *Outras informações sobre Glubbdubdrib. A história antiga e moderna corrigidas. 157*

CAPÍTULO   9 *O autor regressa a Maldonada e ruma para Luggnagg. Preso, é levado à corte. A maneira como o rei o recebe. 160*

CAPÍTULO 10 *Descrição dos struldbrugs ou imortais. 163*

CAPÍTULO 11 *O autor deixa Luggnagg e vai ao Japão. Ali, embarca num navio holandês, chega a Amsterdã e finalmente à Inglaterra. 169*

QUARTA PARTE

Viagem ao país dos Houyhnhnms

CAPÍTULO 1 *Embarca o autor como capitão de um navio. Seus homens se amotinam e o abandonam numa terra totalmente desconhecida. Os Yahoos e os Houyhnhnms. 175*

CAPÍTULO 2 *O autor é conduzido à casa de um Houyhnhnm. Como o recebem. A comida dos habitantes. Aflito pela falta de alimentação, o autor encontra afinal com que nutrir-se. 182*

CAPÍTULO   3 Ensinado pelo ruço, o autor aprende a língua dos Houyhnhnms. Estes, curiosos, vêm visitá-lo. Breve relato de suas viagens feito pelo autor ao amo Houyhnhnm. *188*

CAPÍTULO   4 Ideias dos Houyhnhnms sobre a verdade e a mentira. As palavras do autor são desaprovadas pelo ruço. *192*

CAPÍTULO   5 O autor fala da Inglaterra. Explica os motivos das guerras entre os reis da Europa. Retrato dos juízes e advogados ingleses. *197*

CAPÍTULO   6 Sobre o luxo, misérias e doenças que reinam na Europa. O que é um primeiro-ministro? Descrição da nobreza. *203*

CAPÍTULO   7 Comparação entre os Yahoos e os homens. *208*

CAPÍTULO   8 Outras características dos Yahoos. O modo de ser dos Houyhnhnms. *212*

CAPÍTULO   9 Debate na assembleia geral. As casas e a cultura dos Houyhnhnms. Os enterros. Deficiências da língua. *216*

CAPÍTULO 10 Felicidade do autor no país dos Houyhnhnms. Seu modo de vida e os bons exemplos que aprendeu. Desmaia de dor ao ser obrigado a partir. *221*

CAPÍTULO 11 O autor chega à Nova Holanda, onde é ferido por uma flecha. Sendo preso e conduzido à força para um navio português, alcança finalmente a Inglaterra. *227*

CAPÍTULO 12 O autor se despede. *234*

Este livro foi impresso na Editora JPA Ltda.,
Av. Brasil, 10.600 – Rio de Janeiro – RJ,
para a Editora Rocco Ltda.